artesanales

artesanales

Julián Contreras Ordóñez

Cualquier forma de reproducción, distribución, comunicación pública o transformación de esta obra solo puede ser realizada con la autorización de sus titulares, salvo excepción prevista por la ley. Diríjase a CEDRO si necesita reproducir algún fragmento de esta obra.
www.conlicencia.com - Tels.: 91 702 19 70 / 93 272 04 47

Editado por HarperCollins Ibérica, S. A.
Avenida de Burgos, 8B - Planta 18
28036 Madrid

Artesanales
© 2021 Julián Contreras Ordóñez
© 2022, para esta edición HarperCollins Ibérica, S. A.

Todos los derechos están reservados, incluidos los de reproducción total o parcial en cualquier formato o soporte.
Esta es una obra de ficción. Nombres, caracteres, lugares y situaciones son producto de la imaginación del autor o son utilizados ficticiamente, y cualquier parecido con personas, vivas o muertas, establecimientos comerciales, hechos o situaciones son pura coincidencia.

Ilustración de cubierta: Patricia Rodríguez Pérez

ISBN: 978-84-9139-842-4
Depósito legal: M-12882-2022

Este libro no solo se lee y se siente, también se escucha… Aquí tienes una lista de su banda sonora particular

*A quienes viven en la cordura
y aman hasta la locura*

∾

ABRE… Y MUERDE

LUNES

Cuando llegaban estas fechas, todo el mundo huía de las ciudades hacia destinos más frescos y veraniegos, pero yo, un año más, decidí quedarme contra todo pronóstico y consejo. En cierto modo, me había acostumbrado. Mentiría si no dijese que me causaba curiosidad. Porque los años anteriores me habían ocurrido muchas cosas. Inesperadas y sorprendentes, la verdad. Y eso, al final, engancha. La incertidumbre, en muchas ocasiones, es el motor para gran cantidad de las decisiones que tomamos en nuestra vida. ¿Volverá a ocurrir? Quién sabe. Pero me servía de aliciente. Eso y evitar el éxodo de los desplazamientos.

No había sido un gran fin de semana porque, si esos días están llenos de misterio, los previos son terribles. Todo el mundo estresado, pensando en las vacaciones, no están ni aquí ni allí. Zombis bajo el sol. Pero estaba mentalizado en que aquella mañana sería el pistoletazo de salida.

Seguía en la cama y tenía las persianas levantadas, ya que me gusta dormir así. Debía ser temprano, cerca del amanecer, y ya había un sol radiante. Cogí mi móvil y puse música, mi verdadera gasolina. La primera canción del día era importante. Entre otras cosas, jamás la elegía, eso era cosa del destino. *Mannish Boy* de Muddy Waters. «El día pinta bien», pensé.

Me levanté, estiré suavemente y me dirigí hacia la cocina para preparar el desayuno. Exprimí unas naranjas, tosté algo de pan con semillas de amapola y me puse con el plato fuerte: una tortilla a baja temperatura con colas de langosta troceadas. Desmitificado que sea la comida más importante del día, sí que suele ser especial. Y yo eso me lo tomaba muy en serio. Batí los huevos, templé la sartén, preparé los acompañamientos... y listo para cocinar. Lo bueno de hacerlo tan temprano es que pocas cosas pueden molestarte. Estás tranquilo, a tu ritmo, con tus pensamientos. Después de tomarme el desayuno, y tras recoger todo, volví a mi habitación, ya que me había dejado allí el móvil. E iba decidido a que la semana, efectivamente, empezase bien.

Si hay algo que predomina en mi vida es el sexo. A algunas personas les gusta pasear o citarse para tomar un café y contarse las más interesantes mentiras sobre sus vidas. Yo prefiero follar. Antes que otras muchas cosas. Sin pudor. Sin temor. Desde que era prácticamente un niño, lo he visto con una gran naturalidad. Todo el mundo se besa, se acaricia y hace el amor. Y siempre se ha hablado en mi entorno de manera positiva sobre ello. Yo lo practicaba, veía, hablaba y leía, cualquier modalidad me servía. Pero, claro, como ocurre con casi todo en la vida, lo nuevo solo sorprende la primera vez.

Las caricias dejaron muy pronto de quemarme en la piel y los besos ya no me arrancaban medias sonrisas de sorpresa. Y, poco a poco, fui profundizando en la búsqueda de nuevas y desconocidas sensaciones. No soy un adicto al sexo. Jamás he sentido un deseo irrefrenable, ni lo vivo de manera traumática; nunca me he sentido controlado por él. Me gusta follar, sin más. Como deporte, encuentro social o pasatiempo, siempre he pensado que es lo mejor que pueden hacer dos personas que se atraen y desean. En estos tiempos de tanta libertad, hay mucha hipocresía en torno a todo lo sexual.

Podemos decir que vivimos en una de las épocas más sexuales de la historia, pues el sexo está presente en todo y en todos. Los estímulos son constantes en el cine, la moda y la música. Cada día se obtiene de manera más sencilla, solo hay que saber buscarlo y esperarlo. Adolescentes que realizan *shows* a través de sus *webcams* en la intimidad de sus dormitorios, y que reciben cuantiosos ingresos por ello, se mezclan con amas de casa que buscan alegrar sus mustias vidas. Pensar que unas lo hacen solamente por rebeldía y las otras por hartazgo sería camuflar, innecesariamente, la realidad de ambas. Estamos en la era sexual. La generación de la última generación. O degeneración. El ser humano ha cometido y cometerá las mayores locuras y tonterías, porque a veces no son lo mismo, por el sexo. Y entremedias hay millones de hombres y mujeres, normales y corrientes, con la única voluntad de satisfacer sus deseos. La dinámica no cambia mucho: ellas, más o menos reticentes en apariencia, y ellos, sin disimular en exceso, pero ambos con el mismo objetivo.

Mi teléfono vibró anunciando que había recibido una nueva visita en una de las muchas aplicaciones que tengo instaladas. Un vistazo rápido a las fotos era suficiente para decidir si me interesaba o no. Siempre esperaba unos segundos antes de iniciar la conversación, y esta podría alargarse en función de lo inspirado que me sintiera y de lo ingeniosa que fuera mi interlocutora. Si pasados unos cinco minutos el agua no hervía, desistía. Me habría topado con otra cosa distinta a lo que buscaba.

Con Patricia, que así se llamaba, tuve una conexión muy intensa desde el primer momento. Era una chica muy atractiva y ella lo sabía. Hay pocas cosas que me resulten más irresistibles que eso. Disfruto mucho cuando una mujer se gusta y goza envolviendo a los demás con sus encantos. De estatura media, treinta y tantos, con el pelo rubio y largo, muy largo, de apariencia suave y brillante, uno de mis grandes fetiches. Sus labios, jugosos y carnosos, anunciaban horas de placer. Una bonita sonrisa, de dientes blancos, remataba un rostro precioso.

Tenía tres fotos, un número perfecto. Algunas personas ponían un álbum entero y aquello era un error inmenso. Pocas y efectivas. En este caso, una era en ropa normal, pero elegante. Otra con atuendo deportivo y una última en la playa. Al atardecer, ante una radiante puesta de sol. Me encantaban aquellas fotos que, de manera sutil, enseñaban todo lo bueno que ocultaban. En la que salía con ropa deportiva, parecía realizar unos estiramientos sobre el césped y estaba descalza sobre la hierba. Sus pequeños y delicados pies se veían lo suficientemente bien como para ampliar más la foto en ese punto exacto. Otro de mis grandes fetiches…, esto prometía. Pero, sin duda, lo que me cautivó de Patricia fue su culo. Esperando justo al final de unas piernas delgadas, pero torneadas. Irresistible. Daban ganas de comérselo en la foto, como cuando vemos un pastel y nos relamemos. Inicié la *conversación* y tuve suerte, porque era una chica muy simpática.

Me alegra no ser el único que madruga

¿A esto le llamas madrugar? Pues qué bien vives…
Hoy es mi día libre, pero, aun así,
tengo que hacer cosas de trabajo.
Terrible.

**Bueno, seguro que terminas pronto.
¿Has desayunado ya, Patricia?**

Sí, me he tomado un té hace un rato.
Y más tarde picaré algo,
después de hacer deporte.

> **Desde luego, te funciona muy bien,**
> **hagas el deporte que hagas.**
> **No cambies.**

Bueno… Se hace lo que se puede.

> **Hombre, yo diría que no puedes**
> **quejarte mucho, eh.**

¡Y no lo hago!
Siempre me ha gustado el deporte.
A ti también, por lo que veo.

> **O sea, yo me deshago en halagos,**
> **y tú solo tienes un**
> **«a ti también» para mí…**

Escribí, fingiendo disgusto.

Ay, pobre.
Que no le he reforzado el ego.
¿Lo necesitas?

> **No, tranquila. Sobreviviré.**
> **Bonito culo, por cierto.**

Jajaja, pero ¿cómo me sueltas eso así?

> **Puedo hacerlo como te guste. Pero tienes un culo precioso, y yo me he sentido en la obligación de decírtelo...**

Eres un cerdo...

Fue la respuesta que obtuve de ella. Y en contra de lo que pueda parecer, era una fantástica reacción, porque formaba parte del juego.

> **No estamos discutiendo si lo soy o no. Lo que de verdad importa es cuánto lo soy y si tú quieres descubrirlo. O igual, es demasiado para ti...**

Y ahí empezó realmente el juego. Pero antes de continuar, detuve brevemente la conversación. Tengo mucha imaginación y me gusta disfrutar de ella. En ese mundo inventado, que está creado enteramente por nosotros, todo es demasiado bueno. Demasiado nuestro. Si hay algo que para mí va de la mano con el sexo es la música. Aunque este tenga melodía y sonidos propios, me encanta vincular canciones con ciertas experiencias. Puede ser un encuentro más dulce, tórrido y violento, o completamente anodino, que todos tienen su banda sonora. *Devil in me* de Gin Wigmore inundó mi habitación. Disfruto mucho esta parte. En algunas ocasiones, incluso, la disfruto aún más que el propio encuentro físico, el cual puede no resultar del todo satisfactorio o verse frustrado por mis altas expectativas. Pero ahí no. En este momento todo es perfecto. La imaginación, libre e infinita, ejerce como maestra de ceremonias y es la mejor. Hace lo que yo quiero, como yo quiero y cuando yo quiero. No me niega nada, por bizarro que sea. Patricia, desnuda, será impresionante. Sus caricias me erizarán la piel de todo el cuerpo, su boca hará que pierda el sentido de la vida y su sed de sexo será inagotable. Ella podrá tragar todo lo que yo le ofrezca, en cualquier sentido.

El móvil volvió a sonar devolviéndome a la realidad.

Vaya, ¡nos ha salido gracioso el pequeñín!
¿Eso se lo dices por aquí a todas?
En la distancia, todos sois muy valientes.

Me mordí el labio sonriendo, pues en mi mente

todo iba mucho más rápido de lo que realmente estaba sucediendo.

**Ojalá se lo pudiese decir a todas, te aseguro que lo haría. Pero no abundan tantas oportunidades, ni culos como el tuyo, créeme.
Y lo de las distancias, podemos acortarlas y así compruebas que no hay nada pequeñín aquí…
¿Dónde vives?**

Mientras escribía, mi imaginación bullía entre imágenes y sensaciones. Patricia olía tan bien… Las fantasías a veces pueden ser traicioneras y, en más de una ocasión, me he lamentado por no haber esperado más tiempo antes de pasar a la acción, lo reconozco. Una vehemencia incontrolable se apodera de mí, me agarra la polla con fuerza y lo hace demasiado bien. Las fotos, al igual que las personas, engañan muy a menudo, y puede darse una situación en la que no sintamos la misma atracción que esperábamos. Pero esta vez tenía un pálpito positivo. Además de palpitaciones, claro.

Ella atacó de nuevo.

**Me haces reír, te estaba medio tomando
en serio hasta ahora…**

**¿De verdad piensas que te voy a dar mi dirección
para que vengas ahora a mi casa?
Eres un poco iluso, tú, eh.
Y me parece increíble que ese discursito te funcione.**

Vaya, Patricia sabía jugar. Porque para mí es eso: un juego. Una cuestión de tiempo, no había un desenlace diferente posible. Una vez que tiraba los dados, era sin vuelta atrás. Pero en situaciones como aquella había que proceder con mayor habilidad. Y casi lo agradecía, era un estímulo mayor.

**Perdona, creo que he malinterpretado esta situación.
Pensaba que hablaba con una mujer decidida,
pero, para sacarme casi diez años, creo que aún
tienes que experimentar un poco más.
Un beso.**

Esa era siempre la jugada más arriesgada y de la cual surgían tres escenarios posibles: su orgullo se veía atacado y respondía desafiante. No contestaba más, al menos en ese momento, o levantaba por completo sus cartas de un modo sutil. Patricia, por suerte, no llevaba tantos escudos de protección social frente al qué dirán. Y era muy buena…

**Alucino. Hagamos una cosa… Esta mañana
no tengo nada que hacer y me estás haciendo
mucha gracia. Sé que en el fondo todo esto
será un rollo de adolescente tardío para hacerte
el hombre duro y que, al llegar aquí,
te vas a quedar callado en una esquina.
Pero te lo tienes merecido, así aprenderás.
Te espero en media hora y te invito a un café.**

Sonreí. Me sentía como un chacal ante su presa. Respondí de inmediato.

En una hora. Pero yo no tomo café. Te beberé a ti.

Eres un cerdo…

Patricia empezó a darme justo donde más me gustaba.

**¿Me lo dirás cuando me veas? Por favor, no
me entretengas o no llegaré a tiempo y quiero
reunir todo el valor posible.
Esta para mí es una cita muy importante.**

Algo me contestó, pero no lo leí. Ahí ya estaba todo

dicho. Me fui a duchar y a prepararme. Tampoco me volví loco pensando qué ponerme. Estoy harto de los disfraces, que no dicen realmente nada de nosotros. ¿Cómo hemos podido llegar a pensar una cosa u otra de una persona en función de su vestimenta? Me parece terrible. Elegí un *slip* de color negro, un vaquero, camiseta blanca y unas deportivas de color blanco. Si todo iba bien, debería durar poco puesto. Cuando estuve listo, salí de camino a la dirección que me había dado. Era un día espléndido, en el que la temperatura calienta pero no achicharra a esas horas. Llegué tras un par de transbordos en el metro. Un buen barrio, tranquilo y residencial. Posiblemente, Patricia estuviese bien posicionada, lo cual podría indicar un puesto profesional de responsabilidad. Muy a menudo, las personas que ejercían poder e influencia en alguna faceta de sus vidas, tanto privadas como profesionales, eran todo lo contrario en su intimidad y viceversa.

Por fin llegué al portal y mi minuto de raciocinio apareció. Era como una pequeña voz de la conciencia, que me susurraba palabras. «¿De verdad quieres hacer esto? ¿Y si no te gusta cuando subas? ¿Y si no hay química entre vosotros?». Pensaba todo aquello, pero lo hacía sin dejar de caminar, porque ese riesgo era parte de la aventura. Si tuviese claro cómo iba a ser, no sería tan mágico. He tenido citas que ni recuerdo y otras que recordaré tras varias reencarnaciones. Y todas, sin excepción, empezaron así: sin saber lo que vendría a continuación. Quizá, en otro momento, hacía mucho tiempo, esa voz no era un susurro y me conseguía frenar algo más. Ahora era un pequeño lamento. La imagen en el retrovisor de alguien que se aleja esperando ver que te detienes y das la vuelta. La moral también es una cuestión de tiempo, me temo. Cincuenta y nueve segundos después, mi mente se llenó de lascivas imágenes. Tactos, olores y sabores colapsaron mis sentidos y ya no había vuelta atrás. Me froté la cara al igual que un soldado se pondría las pinturas de guerra y llamé al telefonillo.

—¿Quién es? —Patricia hablaba como deben hacerlo las sirenas en mitad del océano... Una voz dulce, suave y juguetona terminó por encenderme.

—No sé a cuántos esperas, pero ojalá tengan paciencia...

Se escuchó una carcajada y el inconfundible sonido del portero automático. Séptima planta, me encantaban las vistas. Si tenía un buen ventanal, podría apoyarla contra él. Si algo me disgustaba, profundamente, era el camino que separaba el portal de la vivienda y siempre lo recorría casi con prisa, mirando hacia el suelo. Podían pasar muchas cosas en esos metros... Como que se arrepintiera y me escribiese diciendo que mejor lo dejásemos, no sería la primera vez. O cualquier otra situación nueva y desconocida. Pero cuando se abrió la puerta, mis ojos se prendieron como el infierno.

Me pareció que el mundo se movía más lento de lo normal. Llevaba puestos mis auriculares, los cuales mantenía hasta el último momento con la intención de conectar debidamente toda la situación. Este era, por fin, el momento que daba sentido a mi vida. Empecé desde el suelo, ya que estaba descalza. Descubrí que, tal y como había pensado, tenía unos pies muy bellos. Cuidados, finos, con las uñas pintadas de color rojo sangre. Seguí subiendo con mi mirada, de manera lenta y descarada, ya me daba igual lo que ella pensase en ese momento, me temo. Llevaba unos pantalones vaqueros, cortos, casi *short*, con los bolsillos asomando entre los flecos que formaban las costuras rotas. Y una camiseta blanca era el soporte para su pelo liso. Ella solo rompió su sonrisa para decirme algo que no pude oír. Me quité los auriculares mientras le contestaba.

—¿Perdón? —le dije evidenciando que no la había escuchado.

Ella sonrió, divertida por la situación.

—Te preguntaba si habías terminado, igual quieres que me dé la vuelta o algo. ¿Vas a pasar?

Y entonces sí se dio la vuelta. Esperé y vi cómo se alejaba apenas un metro y se detenía. Aquel culo, sin duda, había merecido el riesgo. Entré, cerré la puerta tras de mí y me aproximé hasta ella.

Me situé justo detrás y posé mis manos en su cintura; ella, sin participar, no se resistía. Sentí cómo suspiraba mientras yo seguía dibujando su figura y bajaba lentamente. Agarré su culo. Perfecto y duro, con firmeza, sin apretar demasiado. Momento que ella aprovechó para zafarse y alejarse mientras me preguntaba en voz alta:

—¿Vas a querer hielo en el café? No te vendría mal, desde luego...

Di un par de pasos rápidos, coloqué una mano nuevamente en su cintura y la otra se sumergió entre el abundante pelo, sujetándolo con fuerza, tirando de su cabeza hacia atrás. Ella se quedó sorprendida por lo inesperado de la situación y yo pude recrearme en esa imagen que tanto me gustaba. Conocía muy bien esa expresión. La mezcla perfecta de sorpresa y entrega que ponía en evidencia su excitación. Sin aflojar lo más mínimo, me aproximé hasta su oído.

—Te he dicho que no me gusta el café... —susurré, mientras iba girando su rostro hasta mí.

La miré y lentamente lamí su labio superior. Ella permaneció inmóvil, respirando cada vez más agitada.

—¿Esto es todo lo que eres capaz de hacer? —jadeaba—. Porque no me gustan los niñatos.

El siguiente tirón de pelo abrió aún más sus ojos y su boca, dibujando una mueca de dolor, la cual aproveché para volver a lamer y morder sus labios. La solté y giré con cierta contundencia hacia la mesa que tenía a un lado, poniendo sus manos sobre ella.

—Parece que no sabes estar callada, tendremos que buscar una solución a eso.

Mientras le decía esas palabras, ya había desabrochado el botón de su pantalón corto. Estiré hacía abajo y apareció mi preciado tesoro. Aquel que había ido a desenterrar aquella mañana como el mejor de los arqueólogos. Un pequeño tanga granate me iluminó el rostro. Mis manos subieron lentamente acariciando sus piernas y cuando llegaron al objeto de mi deseo lo recorrí sin prisa, escuchando su respiración de fondo. Mi mano se perdió y mis dedos encontraron el camino de vuelta, recorriendo la hendidura perfecta que se formaba en su tanga. Estando distraída, como indicó un largo suspiro, no lo vio venir. Mi mano derecha actuó con rapidez y, tras un breve latigazo, el tanga que había arrancado colgaba de ella. Era suave y estaba tibio, muy húmedo. Ella no se movió ni lo más mínimo. Llevé la prenda hasta el rostro de la chica.

—Abre... Y muerde.

Obedientemente, hizo lo que le ordené, más que pedir. Y yo volví a mi tarea anterior, pero sin obstáculo esta vez. Mi mano se posó de nuevo en su piel. Yo no conocía de nada a Patricia. No sabía prácticamente nada de ella, y, sin embargo, toda mi vida giraba en torno a esa mujer. La necesitaba y deseaba. La amaba. Allí había un cuerpo que rozaba la perfección a mi entera disposición y ese era de los pocos momentos que me hacían sentir realmente vivo. Quería hacer tantas cosas, que solo la acariciaba, esperando que se ordenasen mis ideas. Mi lengua recorrió la suave piel hasta perderse entre sus glúteos, donde el paraíso parecía un lugar accesible a todos los mortales. Apretaba, mordía, lamía, chupaba... Cualquier impulso que sentía lo llevaba a cabo. Y no volví a la realidad hasta que un angustioso gemido me sacó de mi universo privado.

—¡Fóllame ya! ¿Eres gay o qué? Solo sabes chupar como un ni... —Pero su voz se cortó en seco tras el sonoro y doloroso azote que recibió en su glúteo derecho. La piel se enrojeció al instante y al tocarla noté que ardía. Me miró con gesto de rabia.

Me levanté hasta quedar junto a ella.

—Te he dicho que abras y muerdas. Procura que no se te caiga más...

Recogí el tanga de la mesa y volví a metérselo entre los dientes, que se cerraron con más violencia de lo previsto, queriendo atrapar algo más que la delicada tela. Por suerte, mi otra mano la torturaba de placer entre sus piernas. Mis dedos se resbalaban donde el cuerpo de Patricia era más tierno y jugoso. Lo hacían rápido, lento, entrando hasta el límite y saliendo mínimamente. Aquello estaba terminando por volverla loca. El sexo no es machista ni feminista, eso lo son las personas. El sexo es libre, indómito, y solo entiende de reacciones y sensaciones. Allí había millones por segundo. Sus jadeos aumentaban y el primer orgasmo llegó acompañado del segundo azote. Sintió que explotaba, como si le devolviese el aliento igual que un bebé al nacer. Y gritó. Gritó tanto y con tanta rabia que tuvo que acompañarlo con golpes sobre la mesa. Se revolvió hasta quedar frente a mí.

—Eres un niñato y te vas a enterar. Un niñato y un cerdo... —Esto último lo dijo cogiendo mi mano y lamiendo uno a uno mis dedos.

Como si de un gesto premonitorio se tratase, los esponjosos labios de Patricia rodearon mi falange por completo mientras que una suave lengua la envolvió en el interior de su boca. Acto seguido, terminó de quitarse toda la ropa ante mi atenta mirada, cogió el tanga de la mesa y tiró de mi mano hasta el dormitorio. Las ventanas estaban abiertas, pero a nadie le importó. Desde el exterior, además de aisladas ráfagas de viento cálido, llegaban excelentes canciones de los años ochenta y noventa que provenían del parque que había frente al edificio. *Around the world* de ATC se coló en la habitación como si de un pervertido mirón se tratase. Patricia estaba radiante... La excitación había coloreado sus mejillas y sus pechos se movían rítmicamente acompañando su acelerada respiración. Llevé mis manos hasta ellos y temí que aquellos pezones pudiesen cortarme. Ella esperó hasta que nuestra mirada se encontró de nuevo.

—Que no se te caigan, si puedes. Ya sabes: abre y muerde, guapo...

Y con una pícara y cómplice sonrisa, llevó la maltratada prenda hasta mi boca, que la recibió gustosamente.

Notaba el olor y el sabor en la tela, que sujeté bien con mis dientes. Me encantaba haber encontrado una rival como aquella. Primero mi cinturón, luego el botón y, por último, la cremallera de mi pantalón, que fue bajando al tiempo que lo hacía ella, como si el efecto de la gravedad se hubiese multiplicado. Quedó arrodillada frente a mí. La última prenda cayó como lo harían las defensas de una ciudad en guerra y estalló la última gran batalla.

Conocía muy bien aquella reacción que tanto me envanecía. No hablaba de ello ni mucho menos alardeaba, pero era una realidad que mi nueva compañera de juegos acababa de descubrir. Y por la forma en la que se relamió no pareció disgustarse mucho. Patricia parecía tener las manos más suaves, la boca más húmeda y la lengua más larga. Todo era más y mejor cuando varios de mis mejores centímetros se perdían en aquella garganta, que se resistía a ser invadida por completo. Me sacó de ella, suspiró, me escupió y, con la ayuda de su mano, untó su saliva como si aquello pudiese ayudar en la tarea imposible de tragar tanta carne. Puse mi mano en su nuca y la atraje hacia mí. Sus ojos se abrieron, ladeó la cabeza hacia ambos lados intentando comerme más, pero cedió a la arcada. Me encantaba verla babear de esa manera, con la saliva cayendo hasta sus tetas. Consciente o inconscientemente, todo ocurría al ritmo de la música electrónica que entraba por la ventana, la cual solo era interrumpida por jadeos, suspiros y diferentes sonidos guturales. Cuando se quedó sin aire, liberó su esófago y respiró como si acabase de llegar a la superficie de un profundo lago. Me miró desde abajo de tal manera que no resistí y caí junto a ella por si necesitase realizarle el boca a boca. Los dos, arrodillados, abrazándonos y besándonos con ansia, con desesperación y rabia. Nuestras lenguas se envolvían y compartimos una única saliva: la nuestra.

—Fóllame... Fóllame... —me dijo con toda la intensidad posible.

No fue una orden. Ni una petición. Tampoco un lamento. En realidad, era todo eso y mucho más. Éramos dos personas a punto de traspasar la última frontera de la intimidad y la unión. Allí había pasión, amor, dulzura y vicio, porque nada es incompatible cuando las cosas son sinceras. Algo me espoleó inesperadamente. Reconocí el inconfundible principio de *Born Slippy* de Underworld y todo me pareció demasiado perfecto. Me senté sobre mis talones e hice que se subiese sobre mí, poniendo sus piernas alrededor de mi cintura. Era una postura incómoda, poco práctica, pero yo necesitaba clavarme en ella. Morir de una vez, si era la consecuencia directa. Y con la misma facilidad que un hierro candente se entierra en mantequilla, le ofrecí a Patricia una de las penetraciones más largas y lentas que, esperaba, hubiera tenido jamás. Molesta, causó una mezcla única de dolor y placer. Un alarido mutuo y sus ojos estallaron en lágrimas que pronto recorrieron sus mejillas, las cuales recogí con mi lengua mientras no perdía el ritmo de mis embestidas. Ahora era yo el náufrago desesperado que hasta bebía aquella agua salada como el mar. La respiración era solo una y compartimos el oxígeno al no romper un beso que parecía eterno. Me encantaba que gritase dentro de mi boca. Las piernas me ardían y cambié la postura, situándome sobre ella, bien abierta, rodeándome con las suyas. Nos besamos y el vaivén imparable de mi cuerpo volvió a meter mi polla en ella. Casi sin esperarlo. El placer fue tan intenso, que un hilo de saliva cayó de mi boca para aterrizar en la rápida lengua de Patricia. Sus piernas me apretaban, sus talones me empujaban y sus ojos me atravesaban. Todo tenía una función designada. La descabalgué, consciente de que ella estaba sintiendo un enorme vacío. Pero duró poco. Le di la vuelta quedando ella boca abajo. Se colocó ofreciéndome de nuevo su montura y retomamos un largo galope.

Las gotas de sudor que caían de mi frente e impactaban en su tersa espalda parecían ser utilizadas como medida urgente de hidratación por ella, que las absorbía de inmediato. Supe que estaba cerca su tercer orgasmo. Probablemente ella no quería que llegara, pensando que tras eso quizá no podría seguir follando con esa intensidad y, al mismo tiempo, pensaría que el sentido de toda su vida se lo daría esa última sacudida de placer.

Volví a darle la vuelta, subiéndome esta vez su pierna derecha a mi hombro. Mi mano, traicionera, pellizcó algo más fuerte de lo esperado sus sensibles pezones y el mundo explotó en llamas. No lo vi venir y no fui consciente realmente hasta un par de segundos después. La mano de Patricia cruzó mi cara de lado a lado, produciendo un ruido ensordecedor. Fue involuntario, inesperado y único. Improvisado, como dos actores que ya no tienen más líneas de guion en una obra que está a punto de terminar. Pero para lo que no hay realmente palabras es para describir un orgasmo como aquel.

El sexo tiene su propio lenguaje y puede llegar a ser una mezcla de todos los idiomas conocidos y desconocidos. Tras contemplar aquel majestuoso espectáculo, sencillamente, no pude más. Y lo que devolvió la consciencia a Patricia, que parecía evadida de sí misma, fue notar la explosión de placer en sus tetas. Todo mi cuerpo se tensó y el primer chorro bien podría haber sido un latigazo propinado por un capataz furioso. Le acompañaron otros dos más breves que fueron sellados con un dulce beso sobre su hombro, lo cual la sorprendió y estremeció. Esa inesperada mezcla de sensaciones y comportamientos la tenía algo descolocada. Recuperado el aliento, ambos nos miramos y sonreímos tímidamente.

—Eres un cerdo...

Tumbado a su lado, miraba al techo sin perder mi sonrisa.

—Nunca te lo he negado, ya te dije que la cuestión era otra.

Patricia se giró hacia mí, abrazándome de lado; parecía un poco sorprendida por cómo había ocurrido todo. Lógicamente, no era la primera vez que hacía una cosa así, pero igual nunca pensó que ocurriría ese tranquilo día y menos de esa forma. Yo la notaba algo dudosa y la abracé con las mismas ganas y el mismo sentimiento. Lo último que quería era que se pudiese sentir mal o incómoda. Y menos después de aquello que había pasado.

—No sabes nada de mí. ¿Y si no me llamo Patricia? —preguntó sin mucha intención.

—Si no te llamas Patricia, te llamarás de otra manera.

Respondí sin involucrarme mucho en aquella cuestión. No soporto que las personas se juzguen sin motivo ni razón. Aquel brote de culpabilidad, a pesar de no ser muy grande, no tenía sentido. Y yo quería que lo viese. Poco a poco, fuimos recuperando la normalidad. Yo comencé a vestirme, mientras ella me miraba sentada en el sofá. Quizá, eso provocó que lo hiciese de forma más pausada. No había un silencio incómodo, pero no hablábamos de tonterías, lo cual agradecí. Y más aún, cuando ella se levantó y me trajo un vaso con zumo de uva.

—Eres raro. Te gustarán los zumos raros.

—¿La uva es rara?

—Menos que tú —dijo antes de besarme.

—Lo cierto es que sí, me gusta el zumo de uva. Has acertado.

—¿Ves? Eres raro.

Ya vestido, me colocaba mis auriculares alrededor del cuello mientras miraba cómo ella seguía desnuda en el sofá. Le tendí mi mano para ayudarla a levantarse. De un suave tirón la llevé hasta un abrazo dulce y efusivo. Nos besamos, nos acariciamos y sonreímos muy de cerca. Aún leía ese desconcierto en ella y entendí que era el momento de marcharme.

—Espero que me vuelvas a llamar. —A ella le hizo gracia ese comentario.
—Sabes que eso lo solemos decir las chicas, ¿verdad?
—Vaya… Te he dejado sin frase protagonista. Entonces, la cambio: espero que me lo cojas cuando te llame. Eres genial. Esto es genial. Será siempre genial.

Patricia me miraba atentamente con gesto de que no me creía. En cuanto cruzase el umbral de la puerta, probablemente me convertiría en una anécdota para el recuerdo. Y prefirió acompañarme hasta la salida con una sonrisa.

Me fui de allí dando un agradable paseo, una de mis grandes aficiones. De hecho, no me encontraba muy lejos del lugar donde trabajo que, en realidad, es mío.

Mi abuela poseía una librería muy especial, única en la ciudad. Tras su fallecimiento, yo fui el heredero, tanto de aquello como de una importante suma que me permitía vivir como lo hacía. No obstante, pasaba mucho tiempo allí; me entusiasmaba. Ese vínculo con ella, la literatura, fue uno de los principales motivos. Ser su único nieto imagino que también ayudó. Aquel lugar parecía sacado de un cuento… Su interior era todo de madera noble, que siempre permanecía reluciente. Con diferentes zonas temáticas que estaban decoradas en sintonía. Infantil, histórica, novela negra, había de todo. Estaba repleta de libros, cientos y cientos. Era un paraíso. Además de venderlos, también los prestábamos. Mi abuela siempre decía que a toda persona que quisiera leer había que ponerle facilidades. Y así ocurría allí. Actualmente, el consumo de libros y la proliferación de lectores no están en crecimiento, precisamente. Eso nos obligó a especializarnos un poco más y nos habíamos convertido en uno de los puntos de referencia para todo lo relacionado con el diseño y la arquitectura. Profesionales de prácticamente todo el país y algunos lugares europeos recurrían a nosotros. Y, cómo no, provocó que tuviésemos un incesante tránsito de jugosas y estresadas estudiantes, lo cual era un deleite para mí.

Llegué dando un paseo desde la casa de Patricia, que no se encontraba a una distancia exagerada. Entré y saludé a Cristina. La verdadera alma del lugar. Todo el mundo la conocía y el trato con los clientes era exquisito. No había ni un solo problema que se le resistiese.

—Hola, Cristina —la sorprendí a su espalda.

—¡Pero bueno! ¿Qué haces tú aquí? Yo pensé que te habrías ido de viaje a algún sitio.

—Sabes que a mí eso… No me entusiasma, Cris. Estaba por aquí cerca y he venido a verte.

Cristina se echó a reír.

—Conmigo no, querido. Ahorra fuerzas, que no me lo creo. Y tampoco me creía eso de que no te fueses, pero ya veo que me equivoqué. Por cierto, he pedido que traigan…

—Cris —corté en seco—, no me he ido, pero tampoco me hables de trabajo, porque solo estoy de visita. ¿Estás bien? ¿Todo bien aquí? Perfecto.

—Ay, de verdad, qué antipático. Solo te decía que he pedido que traigan el mobiliario nuevo de la sección infantil. Las *tablets* de la sala de estudio están regular y he tenido que pedir unas nuevas. Además, he reubicado la zona para recogerlas. Las máquinas de comida y bebida que pediste están dando algunos problemas y he tenido que apagarlas. He movido la mesa de tu despacho, por cierto, así tienes más espacio. Pero voy a poner ahí otro archivador para tus cosas, así que no cuentes con ese espacio realmente. Y en la entrada… ¿Qué pasa? ¿Por qué me miras así? —me preguntó extrañada.

—No, Cris, por nada. Tú cuéntame absolutamente todo, como si yo no te hubiese dicho que estaba de vacaciones. Si llevo fuera tres días, y has hecho todo eso... ¿Seguirá siendo una librería a mi vuelta? —le pregunté con ironía.

—¡Eres un exagerado! Tres tonterías de nada. Por cierto, he pedido...

—No te pago lo suficiente —interrumpí su nuevo ataque—, voy a ver lo que has cambiado y me marcho.

—Mira, eso no te lo voy a discutir. Que hablando de cuentas...

Me alejé como pude. Era un tesoro, sin duda. La «sala de estudio» a la que se refería se llamaba así pero, en realidad, era prácticamente una planta entera. La segunda de la tres que teníamos. Mesas alargadas para estudiar con comodidad, separadas y totalmente acondicionadas. La iluminación era tenue, ya que, en cada puesto, había una lámpara individual además de lo necesario: toda clase de objetos de papelería, *tablets*, ordenadores, y por supuesto café recién hecho, estaban a disposición de los estudiantes. En aquella sala siempre había música clásica a un volumen exacto para no molestar a nadie. Muchas de las personas que iban, sin embargo, preferían ponerse sus auriculares para evitar ser molestados. Había de todo, pero el público era predominantemente femenino. Entré para ver los cambios que había hecho. Me encantaba recorrer aquella sala... Iba observando cada detalle, envolviéndome con todas las sensaciones. El invierno de Vivaldi me hizo de acompañante. El delicado olor a jabón que desprendía el pelo de una chica pelirroja se entrelazaba con el perfume de violetas que llevaba su compañera de mesa. Cuando caminaba por allí, me sentía como un preso al que conducían a su celda, rodeado de sus mayores tentaciones. La música me ponía las esposas y tiraba de mí a cada paso. Incluso, sentía como si mi cuerpo fuese más pesado de lo normal ya que me costaba avanzar de donde me encontraba. El Bosco era un fraude, aquel sí que era el verdadero *Jardín de las delicias*. Había tantos matices que con dos ojos no era suficiente. Jóvenes de todas las características y rasgos imaginables pasaban por allí y cada una era única en el mundo. Mil y una imágenes me asaltaban. Una mano nerviosa, que jugaba con una larga melena, era la mía enrollándose entre aquellos cabellos. El constante martilleo de un bolígrafo sobre unos labios entreabiertos eran las últimas sacudidas de mi polla a punto de explotar. Glorioso.

 Sonrisas, susurros, miradas y gestos. Era como un bufé libre para todos los sentidos. Algunas se inclinaban, poniendo sus pechos sobre la mesa, mientras que otras se desperezaban estirándose más de la cuenta, subiendo así sus camisetas y mostrando el final de la espalda. Me las imaginaba a todas desnudas, arrodilladas en dos filas, con las manos en la espalda, mientras yo caminaba por el centro al igual que lo haría un laureado guerrero en una tierra conquistada. Eran las flores más bellas del universo y yo las regaría con abundancia. Sus bocas, abiertas y deseosas. Sedientas. Ni siquiera quería follar con ellas, solo sentirlas y olerlas. Tocarlas y amarlas en cada roce. Sin embargo, jamás he intimado con alguna de nuestras clientas. No es bueno, ni ético. Problemático, a la larga. Pero eso no quita que disfrute enormemente de todo aquello.

Llegué a la zona que me había dicho Cristina y no pude más que negar con la cabeza en señal de admiración. Había pasado mil veces por allí y no se me había ocurrido en ningún momento ese cambio, que era infinitamente mejor que como estaba antes. Intenté esquivar el máximo número de miradas posible y me fui escaleras abajo.

—Cris, está perfecto así, has tenido muy buena idea. Gracias. Me voy a ir ya; si te hace falta algo, me avisas.

—¿No estarás muy ocupado, jefe? —El retintín era exagerado, con una sonrisa cómplice al final.

—Contrólese, señorita. Yo soy un caballero.
—Tú ya galopas lo suficiente sin caballo... Anda, pásatelo bien.
—Haré lo que pueda —le dije al tiempo que nos dimos un abrazo.
Salí a la calle y enfilé la dirección a mi casa. No había arrancado nada mal el lunes.

TE ODIO

TE QUIERO

MARTES

No me extrañó recibir un mensaje de Elena. A pesar de ser una chica con la que tenía una relación basada en el sexo, principalmente, habíamos desarrollado una gran complicidad en todos los sentidos. Solíamos hablar a menudo y de diversas cuestiones, pero ambos sabíamos cuál era el sentido de aquella relación. Ella era una chica muy fogosa, lo cual se complementa perfectamente con todos mis gustos. Incluso, los menos convencionales. Teníamos la misma edad y eso le añadía un extra, ya que siempre solían ser algo mayores que yo para sorprenderme. Salvo raras excepciones, claro está. Como ella.

Guapo mío, ¿qué haces?

Leí su mensaje y aquella pregunta me pareció muy adecuada en varios sentidos. Con aquel sofocante calor, uno se abandonaba a su suerte sin tener muy claro qué hacer. Si es que realmente se quiere hacer algo. Llevaba un rato tumbado en el sofá, sin haber salido de casa en todo el día. Me estiré y me desperecé antes de contestar. Llevaba un pantalón muy corto, de hilo, color azul añil, a falta de cualquier otra prenda. Recordé la última vez que nos habíamos visto, justo en el mismo lugar en el que me encontraba en ese momento. Y haría fácilmente un mes, largo, o sea, que ya tocaba.

**¡Dichosos mis ojos! Mira quién se digna a escribirme.
Pues no mucho, la verdad…
Pero sí te puedo decir que estoy
donde nos vimos la última vez.**

¿Ah, sí? ¿Dónde? Tengo la memoria fatal, eh.
En plan, se me olvida todo, tío.

**No creo que se te haya olvidado esto.
Yo, sentado en el sofá, y tú, delante, de rodillas,
sobre tu cojín preferido…**

Mira que eres, ¿eh? Sé que nadie te la chupa
como yo, pequeño.
Pero ¡qué le vamos a hacer! La naturaleza es así...
A ti te dio esa polla, a mí esta garganta, y la vida
nos ha juntado.
Era inevitable, *love*.

    Acompañó el final de su mensaje con un emoticono de una gran lengua rosada.

> Me encanta verte con la lengua fuera.
> ¿Querías algo o solo ponerme cachondo?

Ah, ¿que te estoy poniendo cachondo?
Pero si no te he dicho nada...
Hasta me he callado lo jugosa que estoy
para no hacer incómoda
esta conversación tan importante, ¿sabes?

> Qué perra eres, de verdad.

¡Eh!
Las cositas a la cara, guapo...

> Ya. Sé que a ti te gusta todo en la cara.

Nos encantaba ese juego. Aunque no terminase en nada, esa atmósfera que se generaba en cuestión de segundos resultaba muy excitante. Y una creciente erección terminó por confirmarme que así era.

> **Si estás esperando que te diga que la tengo completamente dura, olvídate.**

Yo no necesito que nadie me diga lo que ya sé, guapito.

Este mensaje lo acompañó con una foto de sus pechos. Eran redondos y perfectos, como habitualmente solo suele conseguir la cirugía. Su pezón izquierdo estaba atravesado por un pequeño *piercing* plateado con forma de flecha. Ella siempre bromeaba con que Cupido falló el tiro y en lugar de enamorarla la convirtió «en la zorra que soy».

> **Esa operación es de los mayores aciertos que has tenido y tendrás.
> No hay muchas como esas, créeme.**

Lo sé. Estoy muy contenta con el resultado y la labor tan positiva que estoy llevando

**a cabo con ellas. Consolando a tantas
personas necesitadas de amor…
Y, cómo no, sé que son tus preferidas,
por muchas niñatas con las que quedes.**

Como a cualquier persona, le gustaba sentirse deseada. Poderosa, ante aquella situación que controlaba con sus más letales armas de mujer. Y me divertía fomentar esa sensación que, en realidad, era una ilusión.

Pues sí, eres impresionante y lo sabes. A mí, al menos, me vuelves loco… Siempre me sorprendió que una chica como tú fuese tan accesible, ya sabes que, a veces, las guapas son un poco insoportables. A veces ;)

Puntualicé.

**Y tú sabes que yo no me considero nada del otro
mundo. En plan, sí, estoy buena y tal, pero eso
es un poco tópico, eh.
Lo que pasa es que hay mucho torpe suelto.
Y no saben cómo llegar a estas tetitas preciosas…**

Una foto, esta vez de su culo, luciendo unas braguitas blancas de aspecto frágil y delicado, con estrellitas rojas, cubrió la pantalla.

Este culito que tanto te gusta...

Siguió con el recuento. Una tercera foto de sus jugosos y carnosos labios entreabiertos completó la colección.

Y esta boquita, que tanta sed pasa estos días.
Y mira que bebo agua, tío.
Lo mismo necesito otra cosa...

No leí esto último según llegó, pues seguía relamiéndome con las fotos recibidas. Podía recordar con gran facilidad las diferentes sensaciones que había experimentado con todas esas partes de su cuerpo. Todas. Y alguna más aún por descubrir, seguro. Es increíble cómo nuestra mente nos estimula. Conocía perfectamente la anatomía de aquella chica y, sin embargo, me inundaba de imágenes con nuevas posturas y mil preguntas por contestar.

Uff, joder. Cada día estás mejor.
Me vuelves loco, de verdad, no sé qué me haces
que consigues dejarme sin palabras...

**¿Por esas tres cositas de nada, nene?
Yo pensaba que sería por esto.**

Y la última foto llegó, revelando la parte más íntima de mi amante. Al igual que una fruta recién cortada en su estado óptimo de maduración, su coño brillaba por la excitación. Estaba ligeramente abierto, como resultado directo de haber sido tanteado previamente.

¿Cómo me haces esto? No es justo...

Me lamenté de modo exagerado.

**Pero no te pongas nervioso, guapetón,
si a mí me encantas y puedes tenerme
cuando quieras.**

Por toda respuesta, Elena recibió una foto. Grande, pesado y grueso, descansaba sobre mi muslo, como si fuese el mazo de batalla de un guerrero. Pasaron unos segundos de más hasta que contestó.

**Eres un cerdo... Y un cabrón.
Yo, aquí, flipándome por cómo te estaba**

**poniendo y vuelvo a caer en tu red.
¡Manipulador! Me mandas una sola puta foto
y casi me arranco las bragas para tragármelas.**

      **Oye, relax. Y habla bien, por favor.
         No digas esas cosas...**

¿Que no diga el qué, cabrón? ¡Te odio, puto!

 Elena, cuando se encendía del todo, se volvía muy agresiva y provocadora. Incapaz de medir qué decir y hasta dónde. Todas las personas tenemos un punto de no retorno. Una línea invisible que da paso a nuestra faceta descontrolada. Hay quienes conocen cuál es y la buscan, otros la esquivan a toda costa al saber y temer las posibles consecuencias. Y ella, consciente de la reacción que causaba en mí, no la contenía en absoluto. Pero yo seguí impasible en aquel habitual enfrentamiento sin perdedores. Cambié el lenguaje escrito por un mensaje de audio.

 Veo que te estás poniendo un poco insoportable y paso. Así que... hablamos en otro momento mejor. Mmm...

Y terminé con un leve gemido. Ella volvió a escribir, rápidamente esta vez.

Tú, jadeando, es... Dios.

        Como te jadearé a ti al oído.

Qué hijo de puta. Qué polla tienes.

        Dímelo. Dime que te tengo enganchada y salida.

No sabes cuánto.

        Me encanta vaciarme para ti, gatita.

Esta vez, fue un vídeo lo que recibí. Se veían los dedos índice y corazón luchando contra su lengua, como si esta quisiese envolverlos y atraparlos para siempre. Cuando ambas falanges abandonaron la calidez de su boca, un hilo de saliva cayó entre sus perfectos pechos, y aquellos dedos lo usaron para dibujar un corazón y continuar con su camino hasta el clítoris, donde invirtieron los papeles y fueron los dedos quienes lo apresaron entre ellos, cautivo, imposible de escapar. Se escuchaban jadeos suaves y profundos. No se estaba masturbando, solo jugaba, en un pequeño intento de venganza, queriendo llegar más lejos en la provocación por haberse visto previamente superada.

> ¿Me vas a decir para qué me has escrito?

Lo acompañé con un emoticono de una cara burlona.

¡Eres un puto cerdo, tío! Te odio, en serio.

> Pero ¿qué te pasa?
> Si no te he dicho nada malo, no te pongas así.

Nada malo, una polla.
Que te follen. ¡Capullo!

> Frena, no te enfades...
> Si sabes que me derrito por ti,
> bombón.

Mentira...

> De mentira nada. Va, dime por qué
> me has escrito, te conozco.

Pues sí, tío. Te he escrito para algo guay, ¿sabes?
Pero me pones muy perra.
Voy a tomar algo esta noche con una amiga
y a lo mejor te apetecía venir.
En plan tranqui y no muy tarde.

Elena era bisexual. Y aunque aquella invitación me hacía sospechar, no me cuadraba que no me contase la realidad, si es que había una más allá de aquel plan. Pero, como siempre, me vi tentado por la situación y tampoco tenía nada mejor que hacer. Quizá podríamos terminar lo que se había quedado apenas al comienzo.

Pues mira, la verdad es que me parece
muy buen plan. Me apetece airearme un poco.
Así que sí, ¡me apunto!
¿A qué hora y dónde?

Me envió la ubicación del sitio en el que nos encontraríamos y la hora y se despidió mandándome otro emoticono de unos labios gigantes. Miles de años después, volvemos al uso de los jeroglíficos, los antiguos egipcios estarían orgullosos de nosotros. Solté el móvil sobre la mesa y apagué la televisión, a la que hacía un buen rato que ni miraba. Puse algo de música y me fijé en que aún quedaba tiempo hasta que tuviese que prepararme para salir. Así que volví a acomodarme y poco a poco me quedé dormido.

Pasada una hora, más o menos, me desperté con energías renovadas. No hay como abandonarse a un sueño repentino y reparador. Me puse en pie y caminé hasta la ducha. *Somebody's Baby* de Jackson Browne empezó a sonar casi al unísono que el agua de la ducha. Repetí mi ritual acostumbrado y cuando terminé busqué en el armario lo que me pondría. Algo sencillo, un vaquero beis y una camiseta verde, que resaltaba un poco más mi piel ligeramente bronceada. Me coloqué los auriculares por debajo de la camiseta, llaves, cartera… y ya estaba todo.

Emprendí el camino hasta la parada de metro más cercana a mi casa y una vez allí esperé a que llegase el tren mientras las canciones seguían sonando. Sin perder detalle de todas las personas que pasaban por allí. No había tampoco mucha gente. Pero me sorprendió la fauna habitual de estas fechas. Te podías encontrar a un chico en bañador junto a un señor en traje. Chicas con faldas, vestidos, *shorts*, había de todo. Y me entretenía mucho pensar dónde o a qué irían.

Me senté después de cerrarse la puerta tras de mí y

consulté en mi teléfono las paradas que me separaban de mi destino. Eran unas cuantas, en esa ruta, pero no tendría que hacer transbordos, así que me acomodé y seguí trasteando en el móvil, buscando matar el tiempo mientras tarareaba distraídamente. Pero algo me devolvió a la realidad. Un pequeño pie, enfundado en unas sandalias negras, se movía rítmicamente ante mis ojos, que siguieron cada movimiento como si fuese un proceso hipnótico. De proporciones perfectas, los dedos alineados de manera descendente, como me gustaba, terminaban en una manicura francesa de color rosa muy suave. Habría recorrido el mundo con un zapato de cristal por volver a ver ese pie de cerca. Subí mi mirada para conocer a la portadora y me encontré con dos ojos azules grisáceos que me miraban. Grandes, muy expresivos y abiertos, parecían los de una muñeca de dibujos animados. La chica sonrió, dejando a la vista unos dientes blancos, maravillosos. Acto seguido, me dijo algo, pero no lo escuché por la música. Me quité los auriculares al tiempo que le preguntaba. Aquello era una costumbre en mi vida.

—¿Perdón? —dije inclinándome hacia ella.

Ella volvió a sonreír divertida al darse cuenta de que era imposible que la hubiese oído.

—Te decía que a mí también me gusta esa canción.

—¿Canción? ¿Qué canción?

Me quedé en silencio y mirando hacia arriba, esperando escuchar algo. Podía ser un músico de los que amenizan los viajes o que hubiesen puesto hilo musical en el metro. Pero no había nada de eso. Estaba un poco desorientado, parpadeando, mientras intentaba situarme. Tenía ante mí a una chica muy guapa, que no había visto hasta ese momento. ¿Estaba ahí cuando entré? ¿Se subió en la siguiente parada? No me había percatado en ningún momento de su presencia y ahora me hablaba, totalmente despreocupada, con una frescura encantadora, sobre una canción que le gustaba. ¿Estaría loca? Como esas personas que oyen la voz de Jesús o les habla la tostadora. Tardé más de la cuenta en entender que se refería a la música que yo estaba escuchando. Y eso fue porque los auriculares que yo utilizo son de los que van «metidos», aislando por completo el sonido. Ni poniéndolos a todo volumen es posible escucharlo de modo ambiental. Mucho menos en el metro, con ruido alrededor.

Como si estuviera reconstruyendo los hechos, me aproximé el auricular al oído y así era, hasta no tenerlo casi metido, nada de nada. Todo esto bajo la atenta mirada de mi espectadora que reía divertida. Quizá pensase ella que el loco era yo.

—Pero ¿cómo has podido oír la canción?

—Pues... Porque tengo un superoído. No se lo dirás a nadie, ¿verdad? —Esto me lo dijo mirándome con seriedad.

Volví a temer que no estuviese debidamente equilibrada. No dije nada y terminé de colocarme el auricular para reconocer *Girls just want to have fun* de Cyndi Lauper. Me quedé unos segundos escuchando, aún perdido en mis deducciones de cómo había sido eso posible. Mirando con cierta sospecha a aquella chica. Por fin, tras una carcajada, confesó el truco.

—¡Estabas canturreando!

Coincidió con esos ruidos que se escuchan cuando dos trenes se cruzan, lo que la obligó a subir un poco el tono de voz. Y yo, ensimismado como estaba, sumado a la música que aún seguía sonando, me asusté con un pequeño sobresalto. Y por los nervios, también hablé más alto de la cuenta.

—¡Quién! —grité yo también.

—¡Tú! —No pudo reprimir una carcajada—. Tú estabas canturreando. ¿No has visto el bailecito de mi pie? —preguntó mientras lo levantaba y volvía a captar mi mirada, como si fuese un tigre acechando a su presa.

Poco a poco fui recuperando la estabilidad tras aquella colina de pensamientos y situaciones que acababa de subir. Respiré hondo y, mientras ambos nos sonreíamos recuperando la normalidad, admiré debidamente a mi acompañante. Un cabello dorado y liso, ligeramente ondulado, era el complemento perfecto para aquella sonrisa y esa mirada de ensueño. Unos labios perfilados, totalmente libres de maquillaje alguno; eran preciosos. Unos pechos pequeños, estatura media, y llevaba un vestido que era como una camiseta de tirantes hasta la cintura y ahí se convertía en una falda con vuelo.

—¿Has terminado? —Era genial cómo no perdía en ningún momento esa simpatía.

—¿Terminar? Ni siquiera he empezado...

—Uh... Ojito, peligro. Pues podrías empezar a decirme tu nombre, mis poderes de adivinación no funcionan como mi capacidad auditiva.

—Ya, claro. ¿Y cómo puedo fiarme? Igual resulta que tienes más poderes y no me los quieres revelar. Es más, nada de nombres.

—¿Cómo que nada de nombres? ¿No me lo vas a decir?

—No. Ni tú a mí el tuyo. Somos dos personas sin identidad, que estamos aquí y ahora...

De pronto, caí en la cuenta de dónde estaba y qué hacía allí. Adónde me dirigía, Elena, todo. Lo primero que hice fue mirar por la estación que íbamos y descubrí que me quedaban tres para llegar. Pero aquello no podía terminar tan pronto o, al menos, con tan poca información.

—Está bien, tú ganas. Es raro, pero...

—Tampoco me dirás que todo lo de antes ha sido muy normal...

—Normal, normal, no ha sido. Pero muy divertido, eso sí. ¿Y la edad?

—¿Qué le pasa?

—Que si puedo preguntarte la edad...

—No, ¡nada de datos! —dije mientras gesticulaba y agachaba la vista para darle mayor contundencia a mis palabras.

Y allí me encontré de nuevo con el origen de toda aquella inesperada situación. Ese dichoso pie me tenía loco.

—Te gustan mis pies, ¿eh? —me preguntó, reanudando el bailecito.

—¿Cómo dices? —Intenté disimular y fue inútil. Me había pillado claramente.

—No sé, como miras tanto hacia abajo... Yo creo que tienes unos veinticuatro. No, veinticinco —contestó mientras se sujetaba la barbilla simulando un gesto pensativo.

—Veinticuatro o veinticinco... ¿Qué?

Ella no podía contenerse y estalló en otra carcajada.

—Ahí has estado gracioso. Muy flipado, pero gracioso. ¡Me gusta!

—No sé de qué te ríes tanto, igual también tienes rayos X. Pero, vamos, en realidad, tengo veintidós.

—Veintidós... ¿de qué? —contraatacó mientras levantaba las cejas y sonreía maliciosamente.

—Debe ser que no me conservo nada bien... —contesté, ignorando su ataque.

—Oh... ¿He herido tu ego de persona adulta, chiquitín? Ya ves tú, quién los cogiera.

—Mis veintidós, ¿dices?

—Pero, serás... Tus años, sí. Aunque a esas edades, todavía tenéis mucho por aprender, es demasiada responsabilidad.

Mientras contestaba esto último, puso sus manos en los riñones tirando hacia delante para estirar la espalda, dejando caer la cabeza ligeramente hacia atrás. Yo no perdía detalle, como si luego tuviese que dibujar cada pose que viese de ella. Mis ojos, como si estuvieran imantados, siguieron descendiendo hasta el punto de partida, cuando descubrí algo que no había visto antes. En el dedo anular del pie derecho llevaba un finísimo anillo plateado con el símbolo del infinito. Mis ojos volvieron a abrirse como platos, aquella chica tenía la capacidad de sorprenderme una y otra vez.

—¿Te gusta? Tenía dudas de ponérmelo o no, pero al final me he decidido.

—¿Hmm? —Parecía que me leía el pensamiento.

—El anillo. Porque es lo que estabas mirando... No me engañas.

—Sí, estaba pensando si lleva algo de níquel. Espero que no.

—Pues no. —Inclinó la cabeza y miró el anillo—. Es de plata. ¿Por qué? ¿Es malo el níquel?

—Es que yo soy alérgico al níquel... Se me hincha la lengua y todo.

—Y todo —repitió ella, haciendo especial énfasis en las sílabas—. Bueno, bueno. A ti este calor te pasa factura. Es de plata, nada más. Menos mal, ¿eh?

Definitivamente, había perdido ese asalto y el combate. No se acobardaba lo más mínimo. De pronto, el tren volvió a detenerse y se abrieron las puertas.

—Bueno, hombrecillo, esta es mi parada. Me has hecho el viaje muy ameno. A ver si coincidimos otro día inesperadamente. La verdad es que me lo he pasado muy bien. Ha sido diferente.

Según terminó de hablar, ya en pie y sin perder aquella sonrisa idílica, se giró y salió, caminando con paso firme. Me quedé callado, levantando una mano para despedirme que ella ni siquiera vio. Y, de repente, me sentí vacío, sorprendido, excitado y un millón de sensaciones más. Mi respiración se desbocó. Por suerte, el fuerte silbato que anunciaba la última oportunidad de subir a bordo fue como el pistoletazo de salida en una carrera y me extrajo con violencia de mi ensimismamiento. Igual que un corredor en el último tramo, me lancé, literalmente, contra las puertas, golpeándome con fuerza en la rodilla, pero provocando así que volviesen a abrirse. Quise llevar una mano para calmar el dolor en un acto reflejo, pero no podía perder un minuto y caminé, medio cojeando y saltando, a paso ligero. Giré la primera esquina y la vi terminando de subir las escaleras, caminando, con un suave y rítmico contoneo de su cintura que provocaba un efecto irresistible. Corrí, como pude, hasta alcanzarla con poco resuello.

—¡Espera! Espera, para… No puedes irte, no puedo, yo… Joder, mi pierna. —Intentaba construir una frase coherente, lo cual era complicado entre la carrera, la rodilla dolorida y el olor a melocotón que desprendía su pelo.

—Pero, bueno, no me digas que esta también es tu parada. —Se reía ante mi espectáculo—. ¿Estás bien?

Te veo muy sofocado. No estarás persiguiéndome...
—dijo mientras se cruzaba de brazos.

Di unos pasos hasta la escalera y me senté. Cogí aire y la miré a los ojos.

—¿Quién eres?

—¿Aún seguimos ahí? Fuiste tú quien quiso que fuésemos tan misteriosos... ¿Ya te rindes?

—No me refería a tu nombre, que también. Pero, me refiero, qué eres tú, quién eres tú, por qué todo esto...

Ella me miraba divertida y con cierto desconcierto, lo cual era completamente comprensible; lo que le decía no tenía sentido alguno.

—Vamos a hacer una cosa, porque ahora tengo algo de prisa. Déjame tu teléfono.

Como si hubiese sido una orden a vida o muerte, saqué mi móvil, lo desbloqueé y se lo di. No me importó nada de lo que pudiese ver, ni los mensajes o avisos que seguro tendría. Mi voluntad estaba abnegada en ese momento, presa de la más absoluta intriga. La joven no cambió su expresión, por lo tanto, no supe si vio algo indebido o no. Estuvo escribiendo unos segundos y me lo devolvió.

—Bueno, ya me tienes. Dónde y cómo, no te lo voy a decir, eso ya es cosa tuya. Pero te doy cinco días.

No es que se vaya a borrar el número ni nada de eso, o que no me puedas escribir. Pero me hará menos ilu, vaya.

Extendió las manos para ayudarme y que me levantase. Me atrajo hacia ella y me dio un beso que me hizo cerrar los ojos. Sus labios se marcaron en mi mejilla como en un cristal.

—No me parece muy justo todo esto. Pero tienes razón, yo he empezado con los jueguecitos y me lo tengo merecido. Cinco días. Espérame. ¿Hay alguna palabra clave para que sepas que soy yo? No conoces mi nombre.

—Cactus —dijo sin pensar.

—¿Cómo?

—Eso. Dime «cactus» y sabré que eres tú.

—Eso haré... Eres rara.

—Pero te encanta...

Y se fue, mientras yo la veía perderse en las escaleras. No se volvió. Y lo sé porque estuve pendiente. Pero no, nada de nada. Y eso desconcierta, porque es la clásica señal que esperamos en estos casos. ¿No le habría gustado? No sé. En ese momento, saqué mi móvil, recordando que tenía su número. Ya, claro, ¿dónde? Aquello podría ser una tortura. Y, de pronto, vi los mensajes de Elena. Pero lo primero era ubicarme, porque aquella aventura me había desplazado considerablemente. Cinco paradas. Me había pasado cinco paradas. De pronto, el cinco cobró un sentido especial en mi vida. Bueno, era asumible. Recordé hacia dónde iba y con qué perspectivas, lo cual volvió a centrarme un poco. Me di la vuelta y lo primero fue ponerle música a aquella reentrada en la atmósfera que estaba viviendo. *I think were alone now* de Tiffany a todo volumen. Alcancé el andén caminando con mayor normalidad y a los pocos minutos llegó el tren. Decidí mandarle un mensaje a Elena para avisar de que llegaría un poco tarde.

**Oye, no me mates,
pero voy a llegar algo tarde.
Un imprevisto… En nada estoy allí.**

Elena vivía permanentemente *en línea,* no sé cómo lo hacía.

**Qué novedad. Tú llegas tarde a todo.
Y yo lo hago varias veces, amor.**

**Uy, qué ocurrente te veo.
¿Habéis empezado a beber?**

Pues no, listo.
Estoy aquí, con mi amiga guapa,
hablándole mal de ti.
Que, por cierto, tengo que avisarte de algo…

        ¿Ahora tenemos que empezar a avisarnos?

Eres un pervertido, tío…

        A ver, ¿de qué me tienes que avisar?

Qué pasa, ¿te asusta o te preocupa algo?
Pues sí que te están ablandando las otras.
Mi gladiador es ahora un pobre gatito.

        Desde luego, llevas muy mal esos celos, eh…

Era curioso cómo siendo una relación meramente sexual, la cual, además, gozaba de una comunicación excelente y de gran complicidad, aparecían esos leves rasgos de celos. Una chica como ella, si algo debería tener, era una autoestima a prueba de bombas. Y aunque era algo casi más propio del juego que nos traíamos, a ella no terminaba de gustarle saber según qué cosas sobre mis aventuras.

Ay, celos de esas, qué cosas tienes cariño...

        Te lo he dicho muchas veces, no es nada malo.
        Pero, entre nosotros, está de más que los tengas.

Tío, ¿por qué me picas, joder?
Te he hablado en plan bien.

        Pero yo tampoco te he dicho nada malo,
                no te enfades...

Sí lo hago, porque me picas y eso me pone más.

        Va, dímelo ya, que al final voy a llegar antes.

Eres un cabrón. Te aviso de que voy sin tanga.
No sé qué ha pasado. O sea, lo tenía encima
de la cama, yo me estaba vistiendo, pero no sé más.
No tardes, porfi.

                Te odio.

Te quiero.

    Concluyó ella.

Pasamos por todos los estados posibles, pero lo hacíamos de manera sincera y real. Yo sé que aquella manifestación de amor la sentía realmente. A diferencia de la mía de odio, totalmente fingida. Para mí era muy especial. Y sabía que ello me gustaría y molestaría a partes iguales. El mundo de la lencería había revolucionado varias veces la moda. Y era un componente vital en todo lo que a sexualidad se refiere, no cabe ninguna duda. Pero, para mí, había un tipo de mujer a la cual aquello le sobraba. Una mujer tan femenina, tan sexual y sensual, que no siempre requería del uso de aquellos complementos potenciadores del deseo. Elena era una de ellas. Rara vez usaba sujetador y con él, en días especiales, tampoco llevaba nada debajo. Aquello me enloquecía. Solía vestir con ropa muy urbana, que invitaba a adivinar cuánto llevaba o no. Para mí, saber que no era más que lo que se veía me derretía. Muchas veces llevaba unos calzoncillos de chico tipo bóxer, que era una locura cómo le quedaban. Contrastes increíbles.

Tras el viaje, llegué por fin a mi destino y caminé hasta el parque donde se encontraba la terraza. Lo primero que vi fue la larga coleta de mi amiga, mientras jugaba con ella. Era inevitable recordarla enrollada en mi mano. Aquel pensamiento siempre me erizaba la piel. Llegué hasta ella y me agaché para darle un suave beso en la mejilla.

—¡Amooooooor! —Me abrazó muy fuerte—. Por fin llegas. Ella es Cintia, dale dos besos, va.

—Pero déjame que yo haga lo que quiera, joder. Hola, Cintia. Disculpa a este pequeño monstruito de la naturaleza.

Era una chica morena, con el pelo corto y liso. De estatura media y con una bonita sonrisa. De apariencia algo frágil, que contrastaba con unos ojos grandes y muy expresivos. Tras saludarla y de camino a sentarme, fui increpado por Elena.

—Ehhhh, ¿a mí no me saludas? O sea, a ella dos, a mí uno, ¿qué coño ocurre aquí?

Fingía estar muy ofendida. Di de nuevo la vuelta a la mesa para estar frente a ella que, sin dejar de sonreírme, subió un pie a su silla. La faldita corta de tenis que llevaba me dejó ver su entrepierna. Era maravillosa, perfectamente cerrada y apetecible. Me incliné para darle otro beso, cuando ella me puso una mano en la nuca y aprovechó para besarme. En el segundo envite, mi boca fue invadida por su suave y fresca lengua de menta, con sabor final a frutas tropicales. Nos miramos durante unos segundos, compartiendo una íntima pasión.

—Hola, mi amor...
—Hola, amor mío...

Tengo un concepto del amor muy particular. No lo puedo negar. Si hoy en día la sociedad lo ha adaptado y, en ocasiones, hasta deformado prácticamente todo, por qué no el amor. ¿O acaso no se ha convertido en un instrumento, una herramienta que se usa con distintas finalidades e intereses? ¿Por qué el amor requería de tiempo, forma e información? ¿Quién dice que no se pueda querer de manera inmediata? Hay distintos tipos de amor y cada uno surge de una manera. Se acepta que una madre quiera a su hijo recién nacido nada más verle, pero se cuestiona que dos personas que se hayan conocido recientemente sientan amor «verdadero». Conocer más a una persona solo te dará mayor información sobre ella, pero no es motivo para aumentar el amor. Quizá sí lo sea para reducirlo, en tal caso. Entre nosotros había amor y era real, verdadero y sincero. ¿Cuántas parejas que comparten tantos años juntos pueden decir que sienten lo mismo? Si el amor no está, no estará. Y el tiempo se convierte en caducidad. La intensidad y la profundidad no es la misma al principio, cuando todo es magia y aventura. Por eso, siempre he pensado que lo peor que le puede pasar a las relaciones son las relaciones. Que el amor no entiende de normas y que nos hemos acostumbrado a racionalizarlo a conveniencia. Nadie que observase aquella escena podría pensar que no éramos una pareja como otra cualquiera, con años a nuestras espaldas. Y eso mismo ocurrió con Cintia.

—Pero ¿vosotros estáis saliendo o qué, tía?

—No, tía, qué cosas tienes. Él es… mi amor, y yo soy el suyo, ¿verdad, bombón? Pero tenemos nuestra vida.

—O sea que sois una pareja abierta…

—No, joder, guarda la etiquetadora. Somos amigos y nos queremos de forma especial.

—Especial y muy profunda —intervine para quitarle algo de hierro a la cuestión.

—Ay, sí, eso sobre todo. —Elena cerró los ojos y echó la cabeza atrás.

Los tres nos reímos ante los gestos exagerados de sofoco que hizo. Según continuaba la conversación y la tarde se oscurecía, se fueron transformando las personas. Allí había dos depredadores y una presa, de eso no cabía duda. Pero aún no estaba claro el desenlace. Las miradas, los gestos y las caricias no pasaban inadvertidos. La primera en abrir fuego fue Elena.

—Acércate un poco, que estás muy lejos de mí.

Aquello no era cierto, pero era la manera de manifestar que quería un contacto mayor conmigo. Acerqué mi silla hasta ella y me rodeó con su brazo. El olor a coco de su piel inundó mis fosas nasales y me hizo entornar los ojos. Ella sabía que eso me gustaba y aprovechó ese leve despiste. Subió los pies a su silla pegando las rodillas a su pecho. Si me encontraba oliendo el paraíso, Elena, tirando de mi mano, hizo que también lo tocase. Los suaves y abultados labios de su coño se ofrecían bajo la falda plisada. Yo aspiré aún más y ella suspiró, la combinación perfecta. En la lejanía, *Bang Bang* de Nancy Sinatra terminó por regar mi mente con la inspiración que necesitaba. Abrí los ojos, solo para comunicarme con los de Cintia en un lenguaje que no necesita palabras. Un lenguaje que entiende más de reacciones, gestos y parpadeos que de cualquier otra cosa. Nos observaba, en silencio, sabiendo perfectamente lo que ocurría. Evaluando, dudando, envidiando... Se veía deseo e intriga en ella, más allá del inevitable rubor. Elena giró mi cara y acercó su boca, pero yo profundicé con mi dedo, provocando que esta se entreabriese un poco más. El beso fue tierno, delicado, increíblemente contenido. Ella soltó mi labio inferior al tiempo que yo recorría su labio mayor, y ambos mirábamos a nuestra espectadora, esperando que aquel anticipo explicase sin necesidad de más instrucciones lo que allí estaba ocurriendo e iba a ocurrir.

Cintia nos miraba azorada, plenamente consciente de todo lo que estaba pasando, pero sin querer evidenciar ninguna reacción. Ante eso, y como golpe de gracia, Elena cogió mi mano y, sin dejar de mirar detenidamente a su amiga, lamió mis dedos empapados de suspiros perdidos. Y aquello, por fin, causó el efecto esperado en Cintia, que apartó la mirada y resopló, muestra inequívoca de que aquello no la había dejado indiferente. Esa era la señal que Elena esperaba.

—Ay, no os lo vais a creer, pero me he dejado algo en casa y tendría que ir a recogerlo —dijo muy seria.

Pero por mucha seriedad que le pusiese, ninguno pudo evitar reírse ante lo absurdo de la excusa.

—¡No serán tus braguitas! —dije levantando las cejas y fingiendo sorpresa.

—¿Estás tonto, tío? Claro que no, es algo importante de verdad...

Elena tenía esas cosas inexplicables.

—Bueno, yo te acompaño. Y luego podemos ir a cenar. Si Cintia nos acompaña, claro.

Ambos la miramos, dándole a entender que era el momento de decidirse. Estuvo a la altura y por toda respuesta dejó un billete encima de la mesa para pagar las consumiciones al tiempo que se levantaba.

—¿Vamos? —Los tres sonreímos y nos pusimos en marcha.

Aquello era lo que era y ninguno tenía duda. Elena vivía cerca, con sus padres, lógicamente. Pero rara vez estaban allí y menos en verano, así que ella, a base de ser responsable, se había ganado la plena confianza de quedarse sola largos periodos de tiempo.

Era una casa moderna, con una cocina abierta integrada en el salón, el cual tenía unos amplios sofás de cuero negro junto a un gran ventanal. Pequeña, pero bien utilizada, ya que solo tenía dos habitaciones, aunque muy independientes: cada una disponía de su baño interior, por lo que los espacios comunes se reducían al salón cocina, situado en el centro de la casa. La habitación de Elena, en la entrada, y la de sus padres, al final. Perfectamente podían convivir sin coincidir, salvo casualidad. Durante el camino, Cintia, sin estar nerviosa, estaba expectante. Elena no me había contado nada. ¿Sería también bisexual o solo tendría curiosidad? A lo mejor, era heterosexual y no había interacción entre ellas. Sé que le gustaban los juegos, quizá la había invitado solo para que mirase, no sería raro. Todo era misterioso y eso me gustaba.

Llegamos por fin y Elena saludó a uno de esos dispositivos que prácticamente gestionan toda la casa diciéndole «objetos perdidos». Se encendieron algunas luces del salón, una hilera de led azul en la cocina, su habitación, con una luz mucho más tenue, y escuché a Robin Thicke con *Blurred Lines*. La trampa perfecta estaba colocada. Nos guio hasta su habitación y decidí seguirle el juego, mientras me sentaba en la cama que tan bien conocía.

—Y bien, ¿qué estamos buscando que era tan importante?

Al escucharme, y ya tan metida en la acción, se había olvidado del motivo por el cual estábamos allí. Cintia, apoyada en el marco de la puerta, nos observaba. Llevaba una falda vaquera y una camiseta blanca. Tenía una figura muy sexi, la verdad.

—Pues a ver... —Elena parecía muy pensativa—. Sé que están por aquí, pero a saber, vais a tener que ayudarme los dos, porque yo sola no soy capaz. —Se arrodilló al tiempo que hablaba—. No lo creo, pero voy a mirar debajo de la cama, por si acaso. Son pequeñas, negras... —Su voz era menos audible por adentrarse bajo la estructura, pero igualmente clara—. Muy finitas, con una tira a los lados y en la parte delantera tienen una diana.

Observé con una sonrisa la habitación y de paso la escena. Cintia, que seguía en el mismo sitio, respirando agitadamente, mordiéndose el labio. Su mirada alternaba entre la mía y el culo de su amiga que, a cuatro patas, ofrecía todos sus secretos. Elena, de rodillas en el suelo, buscando bajo la cama, cada vez se desplazaba más hacia mí. Yo tenía una pierna doblada sobre la cama y la otra en el suelo. Justo a mi lado, claramente visible, había un diminuto tanga, exacto al que había descrito. Hecho una bola, señal inequívoca de que lo había tenido puesto. Lo cogí y no pude evitar acariciarlo y llevarlo a mi cara. Aquella chica olía como debían oler las nubes. Surgió de las profundidades, justo entre mis piernas.

—Ay, si lo has encontrado, qué bien... —me dijo con una sonrisilla.

—¿Esto, dices?

Le pregunté al tiempo que frotaba aquella prenda sobre su rostro. Ella reaccionó igual que un perro dispuesto a rastrear a su presa, que estaba muy cerca. Giró la cabeza mirando sobre su hombro y sobre su culo levantado.

—¿Has visto, Cint? Ya lo ha encontrado...

Diciendo esto, se giró de nuevo hacia mí, sonriente y triunfante.

—¿Ya las has olido, amor?
—Sabes que sí, no me resisto... ¿Las tenías puestas?
—Desde que salí de la ducha, como a ti te gusta.
—Tú sí que me gustas...

Me incliné hasta su boca y comencé a besarla con ganas, todas las que teníamos contenidas. Supongo que el ejercicio de contención había llegado a su límite. Como si estuviese poseída, Cintia se fue arrodillando detrás de Elena, ignorando mi mirada que, dada la tenue luz, tampoco podía apreciar con mucho detalle lo que ocurría. Ante ella, un culo que rozaba la perfección acogía entre sus muslos el coño más sugerente que había visto hacía mucho. Y como si no pudiese evitarlo, alargó la mano hasta posarla en la piel de aquel súcubo. Elena reaccionó a aquella caricia con un leve contoneo de su culo, incitando a que fuese mayor. Dejé de besarla y le susurré...

—Dime, ¿de dónde la has sacado?
—Vamos juntitas al gimnasio, la conocí allí. No me hablaba nada, pero me daba mucho morbo la manera en la que me miraba el culo. Ya sabes que algunos días voy como a ti te gusta, marcando labios...
—Me encanta que vayas así.
—Pues ella se dio cuenta y yo lo noté. Le hablé ese día en el vestuario y saqué el tema, haciéndome la tonta.

—¿Y cómo se saca ese tema?

—Amor, ¿estás tonto? Si eso es lo de menos... Con cualquier tontería. En plan, «es cómodo entrenar sin bragas», yo qué sé. Era para ver su reacción, ¿sabes?

Elena, mientras relataba, estiró los brazos al cierre de mi pantalón para empezar a desabotonarlo. Seguíamos susurrando, aunque es posible que Cintia nos escuchase perfectamente.

—Pero ¿ella es bi como tú?

—A ella, de momento, le gusta mi culo, cariño. Le atraigo física y sexualmente, con independencia de lo que sea o no. Me está acariciando ahora mismo, lo hace de manera muy suave. Se ve que aún tiene algo de miedo.

—¿Lo tienes bien levantado?

—Ya sabes que sí... Me lo está viendo absolutamente todo.

—¿Y qué crees que hará?

—No lo sé... Deja que vaya cogiendo confianza, ahora está flipando con la novedad y se estará peleando un poco con los prejuicios. Pero sí sé lo que voy a hacer yo...

Terminó de bajarme el pantalón, junto a mi ropa interior negra, provocando que aquella dureza saltase y aterrizase justo sobre su mejilla. Alargó la lengua todo lo que pudo para rozarla un poco. Y aquel leve contacto terminó de solidificarme. Me encantaban esos detalles tan sexuales, tan naturales. Disfrutaba enormemente de las profundas felaciones de Elena. Agarró mi polla con la mano, tras lamerse la palma, e inició una leve masturbación. Tranquila, sin prisa.

—Mmm... Me acaba de besar en el culo, es más mona.

—Deberías aprender, es educada y saluda con un beso...

—Tienes toda la razón...

Y así fue. Sus jugosos labios rodearon la punta de mi polla, que parecía no terminar de crecer, y me dio un dulce beso. La pegó contra su rostro, sintiendo su calor y palpitaciones. Un segundo lametazo, esta vez más largo, fue previo al primer intento de engullir aquel trozo de carne. Por su boca fueron avanzando mis centímetros, hasta casi llegar a su garganta. Y tras un leve cabeceo de negación, se la sacó, brillante por la saliva.

—Hijo de puta... Qué polla tienes.

Por toda respuesta, Elena sintió mi mano en la nuca, que la obligaba, esta vez, a devorar su presa. Aquella joven depredadora, convertida en una boa, hacía verdaderos esfuerzos por tragar y no atragantarse. La habitación se había inundado de sonidos guturales. Y por fin le di un respiro.

—Cuéntame… ¿Cómo va tu amiga?

—Qué cabrón eres. No me canso de mamar, joder.

—Que cómo va Cintia…

—Mmm… Joder, me ha dado un par de lametazos, tímidos. Pero cuando me has ahogado, me he echado para atrás, alargando la mano, y le he estampado la cara en mi coño. Y ya sabes que eso una vez que se prueba…

—Aprende rápido… ¿Y qué hace ahora?

—Lamer. Está chupando, como yo sabía que haría. Sin saber, de manera torpe y con ganas, tal y como me gusta en una novata. Para volverme loca ya estás tú.

En mitad de los diferentes y diversos sonidos que se mezclaban en aquella habitación, empecé a escuchar el rumor de la lluvia lejana envuelta en truenos. Pero era una noche espléndida. Supe muy bien el tipo de tormenta que se avecinaba. Cerré los ojos, eché la cabeza atrás y, con los dedos sobre el colchón, tecleé los primeros acordes de *Riders on the Storm* de The Doors.

Me abandoné a Elena, sabiendo que ya había traspasado su línea y no requería de mayor atención de momento. Era el tipo de chica que no hacía las cosas por complacer, sino porque a ella le complacía. Y estar arrodillada, devorando al chico que la volvía loca, era sin duda una de ellas. Ese tipo de cosas se perciben con claridad. Los tiempos, la intensidad, la entrega. Ella podía llegar a gemir más haciendo que recibiendo, y eso era una señal inequívoca. Mientras disfrutaba aquella mamada, me iban llegando diferentes estímulos de lo que ocurría, pero que debía adivinar. Un gemido más intenso podía significar una mayor interacción de Cintia que, poco a poco, se iba implicando más en la tarea. Tras dos intentos de Elena por engullir al completo mi polla, se la sacó y dio una palmada rabiosa sobre la cama. Conocía bien esos arrebatos, sabía que se frustraba y era un aliciente para ambos. Ella veía mi media sonrisa y eso la encolerizaba aún más.

—¿Te hace gracia, cerdo? Te ríes porque me atraganto, eh, cabrón... Eres un hijo de puta.

La voz quebrada y medio asfixiante la hacía aún más sensual y erótica.

—Siempre te lo digo. Si sabes que no puedes, déjalo, no insistas. Si yo disfruto igual.

—¡Cállate, hostia! Verás.

El siguiente e inequívoco sonido de Elena escupiendo fue acompañado por su mano. Tras aportar un extra de lubricación, reanudó la tarea con el mismo resultado. No fue posible aquella vez tampoco. Me reincorporé y observé los ojos llorosos de mi amante. Me encantaba aquella visión. Ella gimió y enterró la cara en la cama, lo que hizo centrar mi mirada en Cintia que, completamente desinhibida, no dejaba de estimular a la joven rubia.

—Vaya, parece que tu amiga se ha soltado.

—Uff, sí, amor, me está comiendo muy bien, qué zorrita...

—¿Quieres que me acerque a ver cómo va?

—A ha... Mmm...

Me levanté y nadie alteró lo que estaba haciendo. Aproveché para desnudarme por completo y observar con cierta distancia el espectáculo que ante mí se desarrollaba. Nada es comparable a la lucha de pasión entre dos amantes que se desean. Esa necesidad descontrolada de poseer a la persona que tienes delante no se puede explicar con palabras. El mundo podría terminar fuera de aquellas paredes, y esas dos chicas alcanzarían el infinito en un pleno éxtasis. El sexo es un bálsamo, una droga, una experiencia vital completa. El mejor perdón, el mayor agradecimiento. Un espacio-tiempo en el que no caben las etiquetas ni los prejuicios. Dos personas entregadas al placer representan el verdadero sentido de la libertad. Solo ahí somos realmente nosotros mismos. Cada beso, cada caricia que le dedicamos a otra persona nos da algo de ella para siempre.

Caminé unos pasos hasta arrodillarme junto a Cintia. La chica se había subido la falda hasta la cintura. Y allí estaba, como si fuese un rayo del cielo, unas braguitas azules, intensas, casi eléctricas, volvían a poner de manifiesto la importancia de los colores cuando estás en esos momentos tan placenteros.

Lo primero que hice fue coger la mano de la chica, que reaccionó apretándola con ansia, con necesidad. Como a lo único que aferrarse en un huracán y evitar así salir volando. Subida en una montaña rusa de sensaciones, su mano temblaba por la adrenalina y los nervios. Apretó, fuerte, sin despegarse de su amiga. Deslicé mi mano libre entre sus piernas, subiendo por sus muslos. Recorrí la piel hasta la cintura, y con mis dedos enganché la ceñida gomilla de aquella prenda, tirando de ella hacia abajo.

El coño empapado de Cintia no tardó en tragar mis dedos, mientras ella ahogó un gemido en el de Elena. Me puse tras ella y decidí imitarla. Tras unos minutos, como si estuviera acordado, alcé la vista ya acostumbrada a la penumbra. Y en el horizonte me encontré con la lujuriosa mirada de Elena, que ardía de deseo.

—Te quiero...

Pude leer perfectamente en sus labios. Los de la boca. Por toda respuesta, clavé aún más mi lengua en Cintia, iniciando una reacción en cadena que llegó a mi amante principal. Me salí de su humedad y tiré de ella. El primer beso es inolvidable. Y no el primero de nuestra vida, el primero que nos damos con cada persona siempre se recuerda. Aquel fue lento, suave, cargado de dulzura, mientras Elena nos observaba masturbándose sobre la cama. Terminé de desnudar a Cintia, que reveló un cuerpo delgado pero bien tonificado, especialmente su culo. Duro, terso, con una bonita forma redondeada. Me encontraba amasándolo con mis manos cuando una sensación húmeda recorrió mis dedos. La lengua inagotable de Elena, arrodillada a mi lado, me lamía a la vez que los glúteos de su amiga. Entendí rápido y me dejé caer un poco para atrás, haciendo que Cintia se inclinase, levantando el culo. Me desplacé para poder fijarme en su rostro y admirar lo que se avecinaba. Y allí estaba...

Hay expresiones, sensaciones y gestos que solo están en el sexo. Cuando sintió por primera vez la lengua de Elena recorriendo toda su húmeda hendidura, Cintia sintió que le fallaban las piernas y tuvo que agarrarse a mí, que la abracé enseguida. Ella apoyó la frente en mi hombro, mientras gemía, suspiraba y me clavaba sus uñas en la espalda. Eso era en venganza, pues ella tenía mi erección clavada en el estómago. Cuando pudo reparar en ese detalle, rodeó mi miembro con su mano e inició un leve vaivén. La chica, obediente al guion, quiso ir más allá, pero la detuve.

—Túmbate, Elena. Boca abajo. Y tú, ponte sobre ella.

Como si fuesen a prepararse para un número circense, las dos chicas adoptaron la postura que les había dicho. Elena sintió en su espalda cómo se clavaban los duros pezones de su amiga, mientras besaba sus hombros. Yo me arrodillé tras ellas observando aquellos dos perfectos culos. Eran irresistibles, y el primer lametazo confirmó el deseo que me provocaban. Empecé lamiendo el coño de Elena para terminar recorriendo el de Cintia, picoteando con mi lengua en su rincón más privado. Repetí varias veces la operación, hasta que me fui dedicando alternativamente a una y otra. Mientras una recibía mi lengua, la otra mis dedos. La humedad de la de arriba goteaba hasta caer sobre la de abajo. Y fue aquella gota la que utilicé como lubricante para penetrar por fin a Elena. Un grito sonoro, constante, que se mantuvo hasta que salí de ella, resonó en toda la habitación. Esperé unos segundos y, lentamente, llegó el segundo, pero hasta la mitad, nada más. Me detuve y esperé lo inevitable...

—Fóllame, hijo de puta. ¡Fóllame, cabrón! Fo...

Pero su voz se quebró ante la nueva penetración. Aquel ariete de carne arremetía una y otra vez, hasta el punto de cortarle la respiración. Tras follarla unas cuantas veces, me salí de ella, para clavarme en Cintia, que me esperaba en el segundo piso. Y fue delicioso ver cómo gritaba en el oído de Elena que, presa del morbo, también gimió, consciente de lo que ocurría. El placer también es transmisible de ese modo.

—¡Fóllala fuerte! —me gritaba Elena—. ¡Dale más, joder!

Giró la cara, para comerse con torpeza la lengua de Cintia, que se la ofrecía con ganas. Yo seguí, alternando entre una y otra; era increíble notar las diferentes sensaciones, tactos y estrecheces. Bajé a Elena y me centré en ella. De pronto, un descontrolado orgasmo revolvió todo su cuerpo, provocando que Cintia cayese a un lado. Elena tenía orgasmos bruscos, violentos. Se revolvió hasta liberarse, giró su cuerpo haciendo que yo cayese al suelo y se sentó con urgencia sobre mí, con tal brusquedad que temí hacerle daño. Estaba tan mojada que no hubo resistencia de ningún tipo. Se abrazó a mi cuello y comenzó a follarme, mientras me hacía el amor. Nos besábamos, muy abrazados. Besos húmedos, mojados y descontrolados, que provocaban hilos de saliva hasta la barbilla. El próximo estaba cerca y sería el definitivo. Ella, tras el segundo, se quedaba agotada. Y así fue... Con la mirada fija, la respiración próxima a hiperventilar, Elena explotó. Gritó. Lloró. Se corrió sin medida. Continuó abrazada a mí, gimoteando, temblando fuera de sí. Volvió a mirarme y esta vez fue ella quien lo escuchó claramente.

—Te quiero...

Ella asintió. Y como si acabase de recibir una descarga de miles de voltios, se reactivó. Me descabalgó, me hizo poner en pie y atrajo de la mano a Cintia.

—Tienes que probar esto, tía...

La puso ante mí y miró algo intimidada lo que colgaba cerca de su rostro. Elena se colocó tras ella, le cogió las manos como un títere y las subió hasta mi polla, que se dejaba hacer. Tras posarlas, ella bajó las suyas como si buscase su interruptor. Y lo encontró, porque Cintia entornó los ojos, abrió ligeramente la boca y empezó a masturbarme lentamente. La mano derecha de Elena subió hasta la boca jadeante de su alumna, pasó por sus labios, recorrió toda su lengua y dejó su boca sin saliva, la cual enrolló en sus dedos y bajó a su coño. La tocaba de manera tan frenética que no conseguía situarse para comerme, y fue su amiga la que la ayudó. Su boca era más pequeña, pero me recibió con muchas ganas. Y ante aquella escena tan morbosa no tardé en vaciarme. Ella redujo la velocidad de sus vaivenes, abrió la boca y dejó caer todo lo que yo le había dado. Elena, al verlo, la giró y se fundieron en un largo beso.

Al terminar me fui a duchar y, a la vuelta, una escena habitual. Aquel ángel caído dormía plácidamente, como cada vez. Me giré buscando a Cintia, que admiraba aquella Piedad desnuda. Me acerqué hasta ella y nos sonreímos en silencio. Era el final de la obra.

Nos vestimos en silencio y la acompañé hasta el baño para que se arreglase un poco. Mientras tanto, aproveché para acostar y arropar a Elena, que dormía profundamente. Ya en la calle, el aire cálido del verano nos invitaba a llenar los pulmones.

—¿Te apetece beber algo? —le pregunté viendo que aún era pronto.

—Pues sí, y hasta comer, si puede ser.

—Esa es una fantástica idea. ¿Hamburguesa?

—Sí, por mí perfecto.

Echamos a andar hacia un establecimiento de comida rápida que había allí cerca. No hablamos mucho por el camino, ella iba algo pensativa y aproveché para consultar mi móvil. Algunos mensajes se mezclaban con avisos de las *app*, quise echar un ojo, pero estábamos cerca de llegar y no lo hice. No obstante, al tener el teléfono en la mano, sentí como si tuviese que mirar algo que no recordaba… ¡La chica del metro! Ahora no quería pensar en eso. Llegamos, pedimos y esperamos en la mesa a que nos sirvieran.

—Bueno, Cintia, no podemos negar que hemos tenido una manera diferente de conocernos.

—Joder, ya te digo…

Ambos quedamos en silencio, sonrientes. Hasta que por fin rompimos del todo en una sonora carcajada.

—Ay, tío, perdona. Es que estoy un poco cortada.

—Pues no lo estés, y menos después de lo que hemos hecho.

—Precisamente, lo estoy por «eso».

—Ha sido una experiencia muy buena. Os conocisteis en el gimnasio, ¿no?

—Sí, bueno, a ver… —Supe perfectamente lo que venía a continuación—. Yo soy hetero, me gustan los chicos y tal. Pero el otro día…

—Cintia… —interrumpí—, no hace falta que justifiques nada. Si te sirve, en ningún momento me he planteado que tengas una orientación u otra. Te he visto disfrutar con un hombre y una mujer, lo que eso signifique para ti es lo único que debe importar. A veces es el momento, otras, una fantasía, pero cualquier pretexto es válido mientras se tenga la voluntad de hacerlo. Y esa es evidente que la tenías, ¿no?

Fuimos interrumpidos por la camarera que nos trajo la comida. Cintia, en silencio, ordenaba lo que acababa de escuchar. Mientras lo hacía, me observaba organizar mi bandeja. No me gustaba que trajesen todo mezclado y colocaba la bebida a un lado, las patatas a otro, en el centro la hamburguesa...

—Si haces eso siempre, se te enfriará la comida.

—Puede ser. Pero me la comeré con el debido orden.

La chica me miraba sorprendida.

—Oye, de verdad, ¿vosotros tenéis algo serio? Estable y tal, en plan novios o algo así. Esto parece el típico juego de pareja...

—No, no tenemos nada serio, de verdad. No te ha mentido en eso.

—Tío, he tenido novios que no me han arropado así en años de relación.

—Pues eres tú la que debería cambiar de novios, ¡me temo! Nosotros solo nos queremos.

—Joder, quereros ya se ve que os queréis, madre mía.

—Tenemos una buena conexión y eso se traduce

en lo que has visto. Ella tiene su vida y yo la mía, pero a ambos nos encanta estar en la del otro.

—No, no, si está guay y tal. —La chica jugaba con un envoltorio, como dudando decir algo.

—¿Hay algo que quieras preguntarme? Pareces pensativa. Y no estás comiendo.

—No, nada, le estoy dando vueltas a todo.

Y empezamos a cenar, alternando silencios y conversaciones vacías. El ambiente estaba enrarecido y era evidente, pero no sabría decir por qué. Temía que se hubiese incomodado por algo. Terminamos, más bien en silencio, y ya en la calle llegó el momento de la despedida.

—Bueno, Cintia, pues…

—Yo quiero follarte —me soltó de golpe—, lo siento, estoy nerviosa y me siento torpe, no sé qué me pasa. Pero yo quiero follar contigo. En mi vida he visto algo como lo de hoy y quiero sentir eso. Yo también quiero vivirlo y, si no tenéis nada, podemos, ¿no?

—Pero hoy lo hemos hecho.

—No, no hablo de eso. Quiero que estemos tú y yo. Quiero estar sola contigo, quiero todo eso que he visto hoy, para mí. Quiero ser ella, sentir lo que ha sentido.

La miré a los ojos, entendiendo el silencio y el nerviosismo de la chica. Por toda respuesta, me acerqué a ella hasta que nos besamos lentamente.

—Y yo contigo... Me has gustado mucho. Te llamaré.

Ella me sonrió aliviada, menos nerviosa. Y se quedó observando cómo me daba la vuelta y emprendía mi camino. Me puse los auriculares, pulsé en mi móvil el botón de inicio y no pudo parecerme más adecuado. *Another day in Paradise* de Phil Collins.

Y vaya si lo había sido.

SIEMPRE HAY

GENTE MIRANDO

MIÉRCOLES

Había dormido muy pero que muy bien esa noche. Me desperté con energías renovadas y, salvo algún cambio inesperado, tenía pensado quedarme en casa. Llegué de hacer deporte justo cuando escuché el último tono del móvil sonando. Me lo había olvidado en casa y tampoco me importó, así podía desconectar un poco y que me cundiera algo más la sesión deportiva. Pasé por la cocina y cogí del frigorífico una bebida que me ayudara a recuperarme un poco mejor y a su vez me refrescase, porque aun a esas horas, cerca de la media mañana, el calor era sofocante.

Me apoyé sobre la mesa de mármol verde indio

que tenía en el comedor. Aquel piso estaba intencionadamente dividido. Por un lado, y accesible desde la entrada principal, estaba el salón comedor, la cocina y un dormitorio con un baño. Pero tras recorrer un pasillo, que terminaba en una puerta, la vivienda continuaba. En realidad, la remodelación fue a un piso completo de aquel edificio. No es que fuese una zona oculta de la vivienda, pero me permitía mantener mi privacidad aun en mi propia casa. Tras esa puerta, distribuido en distintas estancias, había un vestidor que se comunicaba con el baño, que, a su vez, lo hacía con el dormitorio. Y este, con mi estudio. Era un circuito cuadrado que me resultaba realmente cómodo. Mientras iba bebiendo, fui de camino al baño para ducharme. La remodelación ahí fue concienzuda. Una fusión de roca natural y cristal, que daba lugar a una estancia diferente y agradable, como si fuese una caverna natural cavada en la propia tierra. Más o menos a la mitad, había una puerta de cristal y, tras ella, uno de mis mayores sueños cobraba forma y realidad: la ducha. Era de unos tres metros por cuatro, con un asiento de piedra pulida justo en el centro. El agua brotaba de prácticamente todo el techo, y un panel de mando me permitía elegir no solo la temperatura de la misma, sino también su sabor. Detesto el sabor metálico que tiene el agua. Y, por supuesto, la temperatura e iluminación de toda la estancia. Podía añadir más vapor, mayor humedad, lo que quisiese. Y, por último, una vez que terminaba, se cortaba el agua, pero la temperatura aumentaba y salía aire caliente desde el suelo con suavidad. Era como secarse con la brisa un día de mucho calor en la playa. Además, aquella ducha ocultaba un secreto. Un fetiche personal. Todo el lateral era un espejo de cristal inteligente que me permitía ver el interior de la ducha desde mi dormitorio. Me maravillaba observar a una mujer enjabonar su cuerpo con tanto mimo y detalle, de forma casi ritual. Desde el otro lado, había que pulsar un botón para que ese cristal se volviera transparente, solo para mí.

Bruce Springsteen me auguraba algo bueno ese día y *Waiting on a Sunny Day* era la mejor opción para ese momento. Me gustaba pensar en la ducha y caminar, por eso la diseñé de aquella manera. Aquel espejo saciaba todo mi narcisismo más deliberado. Recordé la llamada y salí un momento para ver de quién se trataba. Era Patricia.

—Hombre, señorito… ¿Ahora te despiertas? Cómo envidio la vida de algunos.

—La envidia es muy mala, no deberías. Pero no, la verdad es que acabo de llegar de hacer deporte. A partir de determinada edad, es conveniente, por cierto.

—¡Eso no lo dirás por mí! —Su tono fingía una ofensa exagerada.

—Bien sabes tú que no... Estás para comerte. Dime, ¿qué querías? Que me voy a duchar. ¿Solo despertarme?

—Uh... ¿Ducharte? ¡Eso dímelo antes! No, tonto. Me mandaste anoche un mensaje, pero estaba ya en el quinto sueño. Y por eso te he llamado directamente...

—Daba por hecho que ya te habías olvidado de mí —le dije mientras me iba desvistiendo.

—No digas eso, sabes que no. Y me alegra que cumplieras tu palabra de contactarme tú. Me gustó muchísimo lo del lunes. Mucho. Me sentí muy cómoda, con una complicidad especial y muy llena, sin doble sentido, ¡que te voy conociendo! —imaginé que sonreía—, y eso es importante para mí. No te voy a decir que jamás haya hecho lo del otro día, porque sería mentira. Pero sí te digo que no es muy habitual. Y que tampoco sale siempre igual de bien.

—Me das una alegría, Patricia. Para mí es importante que estuvieses cómoda, porque me gustaste mucho y eres una mujer increíble.

—Pues... Tengo una sorpresa para ti —dijo dándole cierto misterio.

—No te creas que me entusiasman las sorpresas, ¿eh?

—Pero las mías siempre te gustarán, ya lo verás.

Bueno, con tanto ajetreo, el otro día no te dije que soy abogada.

—Cierto, no lo sabía. Intuí que serías una ejecutiva o algo similar. Una mujer de negocios...

—Bueno, me gusta esa descripción. Pero no, soy abogada, más sencillo.

—¿Y en qué consiste tu sorpresa?

—Tienes que venirte al despacho y debo hacerte pasar por un cliente, así que necesito que te pongas elegante e irresistible. Sofisticado, discreto, pero cañón para gustarme a mí, claro.

—Eso es que cuando estoy desnudo no te gusto, ¿o qué? —Quise picarla un poco.

—*Au contraire...* Pero necesito que me gustes a mí y que pases desapercibido. Eso, desnudo, no es posible, guapo.

—¿Vamos a robar obras de arte en una subasta o algo así?

—No te pienso contar nada, ¡coñazo!... Sí, ya voy —habló a alguien por detrás—. Pues le confirmo su cita. A la una y media, le estaré esperando —se dirigió a mí en un tono muy diferente.

—Pues allí estaré. Cuánto misterio... Un besito.
—Y ambos colgamos.

Era innegable que me había intrigado. Patricia era

interesante, atrevida, y bastante ingeniosa, o sea que aquello no me podía defraudar, seguro. Terminé de ducharme tranquilamente ya que aún quedaba tiempo hasta la cita. Puse tonos claros en la luz, ligeramente celestes, y el agua con sabor a piña y coco. Me sentía tropical esa mañana. Usé un champú con una base de menta, no apto para cabezas sensibles. A los pocos minutos, el frío que se siente en ella te recorre el cuerpo, pero la sensación dura todo el día. Además, la limpieza del cuero cabelludo es mucho más intensa. No se puede usar a diario, pero sí ocasionalmente. Me afeité, y ya estaba listo para vestirme. Escogí un traje beis de lana fría, que me podía poner sin corbata. Con una camisa blanca y unos zapatos de cordón color marrón oscuro. Todo listo.

A la hora indicada estaba frente a la Torre Picasso, donde se encontraba el bufete del que Patricia, según me enteré después, era una de las socias. Una importante firma multinacional. Le mandé un mensaje diciéndole que estaba esperándola en la puerta y me contestó que bajaba enseguida.

Apareció ante mí a los pocos minutos. Joder con Patricia. Sabía muy bien lo que se hacía, desde luego. Desnuda era una mujer irresistible, pero, vestida, no se quedaba atrás. Llevaba el pelo suelto y un traje de chaqueta oscuro. Falda por encima de la rodilla, camisa blanca, algo abierta, que permitía sutilmente ver un sujetador negro de encaje. Y unos zapatos de tacón, por último. Al llegar frente a mí, me tendió la mano para saludarme.

—Finge un poco —me susurró— siempre hay gente mirando —dijo con una preciosa sonrisa.

—Bonito sujetador, letrada —le contesté mientras le estrechaba la mano.

—Gracias, me alegra que te guste, es lo único que llevo debajo... Tú estás muy guapo también, eh.

—Gracias, me alegra que te guste. Es lo único que llevo por encima. —Patricia me miró con los ojos muy abiertos.

—Eres un cabrón... —me dijo entre dientes—. Dame un momento, anda.

Sacó su móvil y realizó una llamada. Tras dar unas breves instrucciones, colgó.

—Bueno, ¿qué hago aquí? —le pregunté mientras cruzaba los brazos—. No me he metido en ningún lío, no necesito una abogada.

—Cierto, tú te has metido en la abogada...

—Gran apreciación. Muy cierto. Pero qué coño hago aquí, en serio.

—¡Oye! —se hizo la ofendida—, te he dicho que es una sorpresa. Espera un poco, joder.

—Ya sabes que esperar no es lo mío, pero bueno. Haré un tremendo esfuerzo.

—Espero que estés dispuesto a hacer más de uno...

—Según sean de grandes.

—¿Estás perdiendo facultades? —me dijo, sorprendida.

—Es una sorpresa, tendrás que esperar para comprobarlo. Ten paciencia... —contesté imitándola.

—Pero ¡cómo eres tan cabrón, tío! Deja de picarme así, que me calientas y hay gente.

—¡Pero si no he dicho nada! Es más: no te he dicho nada.

—Tú nunca nada de nada, pobrecito. Mira, estás de suerte —me dijo al tiempo que levantaba la mano para avisar detrás de mí—, se acabó la espera.

Me giré y apareció lo que podría ser un miniautobús. Era parecido a los que se usaban en los hoteles cuando había que trasladar a los huéspedes a algún sitio. Pero solo se parecía en tamaño. Negro, brillante e impecable, muy elegante. Lo que más llamaba la atención es que los laterales prácticamente eran de cristal, apenas había carrocería, y las ventanillas ocupaban más de lo habitual. Justo pegado a la puerta del copiloto estaba el acceso a la parte de atrás, que ella abrió para dejarme pasar. Una puerta estrecha, la cual pude subir sin tener que agacharme; era un vehículo alto. Sin duda, la sorpresa estaba en el interior. Mientras yo miraba a mi alrededor, ella me interrumpió.

—¿Te gusta?

Yo aún trataba de asimilar aquello, porque era realmente impresionante.

—Tenías razón, me iba a sorprender... Esto ¿qué es exactamente?

—Una excentricidad muy cara pero bastante útil. Lo usamos solo con clientes muy especiales...

El interior había sido confeccionado desde cero. A mi espalda se encontraba el conductor, completamente separado de nosotros. No había forma de acceder de un lado al otro, ni siquiera tenía una ventana por la que comunicarse. Nada. En ese panel de separación había una televisión. Pero lo llamativo de verdad era que desde dentro se podía ver todo el exterior, pero no al revés. Era como mi ducha, pero llevado al extremo y con ruedas. Aquello me hizo gracia.

—Tenemos clientes muy particulares que quieren visitar la ciudad o lo más emblemático, pero sin tener que caminar o que los vean. No quieren perderse nada.

Por eso se nos ocurrió esto, que conquista a todo el que se sube aquí. Siéntate, vamos.

Había un sofá corrido en forma de U y una mesa de cristal en el centro, fijada en el suelo, como el mobiliario de un yate. A un lateral, bajo la televisión, lo que parecía ser un minibar tenía todo tipo de bebidas y algunos aperitivos. Al otro lado pude ver un teléfono de color turquesa fijado en la pared, que Patricia descolgó.

—Queremos el trayecto largo, por favor. Yo le aviso si hay alguna parada, sí. Gracias. —Patricia colgó de nuevo—. Todo listo. ¿Quieres poner algo de música? —me dijo mientras se mordía el labio.

El motor arrancó y su rugido evidenció la potencia necesaria para mover aquel monstruo. Empezamos a desplazarnos, pero yo seguía de pie, estático, invadido por la emoción. Puedo asegurar que los primeros minutos allí dentro me produjeron la sensación más rara y placentera al mismo tiempo que posiblemente haya tenido nunca. Era como montar en un transbordador espacial que estaba a punto de salir de órbita. Podía verlo todo, todo el mundo nos miraba al pasar, pero nadie nos veía. Ni oía, porque aquello estaba bien insonorizado. Encendí la tele y sincronicé con mi teléfono para poner algo de música. Necesitaba darle alas a mi imaginación y que volase sin parar todos los kilómetros que fuesen posibles. Patricia, de espaldas a mí, sacaba champán rosado y dos copas. *Surface To Air* de The Chemical Brothers empezó a sonar al tiempo que me acercaba a ella, que seguía de espaldas a mí, maniobrando con la botella. Me sentí muy atraído en ese momento, preso de la euforia. Que hubiese planeado todo aquello pensando en mí me gustó mucho. Me coloqué justo detrás y poco a poco me arrodillé. Por un momento, no había nada más en el mundo que me importase. Nada ni nadie más que ella. Ante aquel culo, el universo se ralentizó para mí. Hedonismo en estado puro, descontrolado y sin medida. Miraba a los lados y veía cómo dejábamos atrás los edificios, otros coches que pasaban junto a nosotros y nos miraban incrédulos. Y hablando de incredulidad, yo también lo estaba con Patricia, no sabía si me había dicho la verdad.

Con mis manos, fui subiendo poco a poco su falda hasta llevarla a su cintura. Y su cuerpo, desnudo ante mí, me confirmó que no me había mentido.

—Buena chica… —dije al tiempo que agarraba sus glúteos con mis manos y le daba un suave mordisco.

—¿Has visto? Te quej…

Pero su voz se cortó en seco. Como si mi lengua, al recorrer todo su culo, hubiese sido una cuchilla que cortase sus cuerdas vocales. Patricia me ponía; aquel día, además, me había sorprendido y yo se lo compensaría. El segundo lametazo fue como si la hubiese follado, pero con mi lengua. Se la metí tanto y tan dentro, que ella apoyó sus manos contra la pared y emitió un largo gemido.

—Por favor... No me saco esa puta lengua de la cabeza, joder. Y cuando lo consigo es porque tú me la metes en otro sitio.

—Eso te pasa por ir sin bragas...

—Tú me las rompes, así evito esas perd... ¡Ahhh!

De nuevo, le fue imposible continuar hablando. Esta vez lengüeteaba en su rincón más cerrado y apretado. Comerse un culo como el de Patricia es una experiencia demasiado satisfactoria para cualquier hombre o mujer que disfrute plenamente del sexo. Y hacerlo allí, en aquellas circunstancias, era algo indescriptible. Me pareció como si fuésemos a mayor velocidad, pero quizá era mi mente la que iba a mil por hora, como mi pulso. Todos estábamos desbocados en ese momento. De reojo, veía las líneas del asfalto pasar a toda velocidad y me sentía como en una película de ciencia ficción, cuando se disponen a alcanzar velocidades supersónicas y saltar a otra dimensión. Yo estaba listo para saltar a donde fuese, mientras aquel culo estuviese conmigo.

Me puse de pie y me pegué contra ella. Me rocé con tanta fuerza que se quejó, y con razón, al sentir la hebilla de mi cinturón contra su piel desnuda. Ella giró la cabeza hacia atrás y nos besamos, de manera agresiva, sin mucho acierto, pero sintiéndonos. Eran lametazos al aire que tenían la suerte de encontrar otra lengua con la que chocar. Me desabroché el pantalón y lo dejé caer. Mi polla cayó a peso sobre su culo, golpeando, como el martillo de un juez que acaba de dictar sentencia. Y eso fue lo que pasó por mi cabeza: estaba condenada sin misericordia alguna.

—Dios… Me mata sentir tu polla contra mi culo. Fóllame ya, que no puedo más, en serio.

—¿Te gusta sentir mi polla en tu culo? Creo que hoy deberías probarla dentro de tu culo…

—¿Qué? Estás loco… No, no…

Esto último lo dijo casi en un suspiro, con resignación. Tenía los ojos cerrados y la cabeza agachada. Creo que lo dijo más para ella que para mí. Enterré mis dedos en su coño y los mojé todo lo que pude, que fue bastante. La estuve masturbando de esa manera mientras ella sacaba el culo para ayudarme a cumplir mejor mi objetivo. Mi idea era usar esa lubricación extra, pero la tentación de lamerlos y, sobre todo, que ella los lamiese también, me resultaba irresistible. Y no encontré ningún motivo para no hacerlo. Le di la vuelta y la apoyé de espaldas, mirando hacia mí. Y se me cortó la respiración. Es indescriptible la belleza de una mujer guapa cuando está tan excitada. Cuando sus ojos brillan. El pecho se agita al compás de su respiración. Y la lengua se empeña en mantener húmedos unos labios incapaces de contener un aliento que huele a menta fresca. Cómo se muerde el labio, una media sonrisa, o de qué manera desvía la mirada fruto de un espasmo involuntario es poesía en movimiento. Nos besamos. Nos comimos sin remedio. Volví a jugar con su clítoris y, al terminar nuestro beso, mis dos dedos mojados por ella aparecieron ante nuestras bocas. Era igual que agitar un cebo frente a dos tiburones, que se lanzaron sin piedad. Yo notaba mi lengua alrededor de mi dedo y su lengua alrededor de la mía. Intentaba separarlos para llevarse más de aquel fluido néctar, cuya fuente parecía infinita. No resistí y me arrodillé en busca de aquel sabor. Ella se dejó caer contra la pared y subió una pierna sobre mi hombro, permitiendo que mi lengua profundizase aún más, si aquello era posible. Sus dedos entre mi pelo me apretaban contra ella.

—Cómeme el coño, cabrón. No pares. No pares. Que me quiero correr así, joder...

Yo no dije nada. Tampoco podía en ese momento.

Pero lo que sí podía era seguir lamiendo, y fue lo que hice. Me fascinaba ver cómo se retorcía una y otra vez. Cuando atrapé su clítoris entre mis labios y le apliqué un tratamiento especial y más dedicado, el primer tirón de pelo que recibí fue una pista inequívoca. Un grito inútilmente apagado, mientras mordía su mano, terminó de anunciar la llegada de tan esperado momento. Me inundó por completo. La sensación fue la misma que cuando nos metemos en la ducha y, cerrando los ojos, ponemos la cara bajo el chorro caliente. Nos cubre el rostro, abrimos la boca, dejamos que entre y, poco a poco, nos cae por la babilla. Aquella mujer me empapó de una manera muy sensual. Y yo parecía un sediento que acababa de cruzar el desierto del Sáhara y se estaba bañando en un oasis. Me encantó beber de Patricia como lo hice. Respirando como pudo, pero aún más excitada, me puso en pie y me empujó suavemente hacia atrás, hasta que topé con la mesa. Quedé apoyado y fue ella la que se agachó. Vio cómo yo ladeaba la cabeza de un lado a otro, mirando hacia abajo, como si buscase algo.

—Quieres que me ponga más a este lado para verme el coño, ¿verdad? Eres un cerdo. ¿Así? ¿Esto quieres? —dijo mientras se desplazaba y abría las piernas.

Y eso quería. No estaba equivocada. Soy una persona muy visual, pero en realidad es que me gusta involucrar los máximos sentidos posibles.

—Me gusta mirarte. Y me gusta mucho ver cómo brillan todos tus labios... —Esto último se lo dije dándole unos golpecitos con mi polla en su boca.

Terminó de acomodarse y me quitó la mano. Se lamió la palma de la suya con toda la lengua y volvió a sujetarme. Pero aquello debió resultar insuficiente, porque terminó por escupirme directamente.

—Vaya. Tengo la boca seca, me falta saliva... —dijo mirándome fijamente a los ojos.

Justo a mi lado estaban las copas de champán que había servido. Le di un pequeño sorbo a la mía, el cual agradecí mucho, pero, además, las burbujas en mi boca activaron mis glándulas salivales. Avancé un poco hasta ponerme casi a su altura. Abrí la boca, saqué la lengua y de esta cayó un hilo transparente, como cuando rompemos por la mitad un panal de miel. Impactó en la punta de mi polla y su mano terminó de distribuirlo por toda mi extensión. Patricia chupaba muy bien, eso ya lo sabía. Pero aquella vez, superado por toda esa situación, me pareció la mamada más increíble que me hubiesen hecho nunca.

Por un momento, fui consciente de que nos deteníamos. Desperté de mi sueño espacial y miré hacia la derecha. Una chica, que tendría más o menos mi edad, paseaba un pequeño perro atado con una correa morada, mientras se comía un chupachups de color rojo brillante. Nos miraba fijamente, impresionada por el autobús. Y yo sé que no era posible, pero hubiera jurado que me miraba a mí. Que ella lamía, imitando a Patricia, e imaginando que aquella bola de caramelo dulce y crujiente era la mía. Busqué inútilmente su mirada, pero mi mano sí que encontró la cabeza de mi felatriz. Ella relajó aún más la mandíbula y yo comencé a follarme su boca, llegando más allá de lo recomendable. Poco a poco, fui aumentando el ritmo, ofreciéndole un *show* increíble a nuestra espectadora que, para mayor paradoja, se dejó el chupachups en el carrillo izquierdo, sacó su móvil e hizo una foto. El mundo se volvió a detener para mí, a pesar de lo poco que se había movido. Hubiese deseado correrme en aquel momento, hasta quedar sin fuerzas. Desvalido, desnutrido, desfallecido y cualquier otro síntoma. La mano de Patricia sobre la mía llamó mi atención y volví a mirarla. Me la encontré con los ojos encharcados, llorando lágrimas negras que corrían por sus mejillas y respirando con mucha dificultad. Me salí de ella y escuché una respiración profunda y agónica. Visiblemente, el aspecto era de sufrimiento y, sin embargo, ella solo transmitía placer y amor hacia mí. Me sonrió y se frotó mi dureza por toda la cara. Me ayudó a quitarme los zapatos y el pantalón, para pedirme que me sentase en el sofá. Ella gateó hasta mí y siguió chupando un poco más, pero comenzó a bajar. Mis ingles, mis testículos, su lengua oscilaba como una campana. Igual que una bandera sacudida violentamente por el viento, se movía de un lado a otro. Finalmente, hizo que subiese una pierna y se internó en mi profundidad, buscando vengarse de lo que yo le había hecho. Me parecía bien, hay que ser justos. Estaba dejando a Cleopatra, de quien se decía ser la boca de diez mil hombres, a la altura de una novata.

—Joder, Patricia, me estás matando. Pero aún no estoy acabado...

—Eso espero, porque cada vez que te lamo aquí —su lengua me arañaba— se te pone aún más dura.

—Mmm... Túmbate en la mesa —le dije con determinación.

Lo hizo, pero no como yo quería. Giré su cuerpo, de manera que su cabeza quedaba colgando por fuera, frente a mi polla. Si había una oportunidad de traspasar los límites era esa, y quería aprovecharla.

—Si ves que no puedes, dame unas palmaditas en la pierna, ¿vale?

—¿Estás de coña o qué? ¡Dale! —me gritó.
—Serás puta…

Y lo siguiente que aprecié fueron sus ojos abriéndose mucho. La escuchaba carraspear, intentar tragar, pero le costaba. Y yo retrocedía, pero ella me pegaba con fuerza, lo cual me provocaba. Seguí penetrando su boca, llegando cada vez más lejos, pensando si sería por fin ese el momento en el que descubriría la sensación de atravesar una garganta. Y estuve cerca, mucho, pero era imposible en el último momento. Yo pensaba que me iba a pedir que parase, pero no fue así, y en la postura que estábamos me lancé a devorarla. Improvisamos un sesenta y nueve, sobre una mesa, mientras recorríamos el paseo de la Castellana a media mañana. Inolvidable. Recordé lo que le había dicho y que era verdad, aquel culo debía ser un deleite. Ella estaba inclinada ahora sobre la mesa, apoyando las tetas en el cristal mientras yo la follaba. Su coño se amoldaba a mí como un guante, parecíamos hechos a medida el uno del otro. Pero cada vez que la penetraba, el movimiento me revelaba otro objetivo. Le pasaba el dedo, notando su tacto único, rugoso y apretado. A pesar de que estaba muy mojada necesitaba algo más, y fue cuando recordé que ella utilizaba vaselina labial de sabor a cereza. Encontré el pequeño bote metálico en el bolsillo de su chaqueta. Lo abrí y clavé los dedos en el tarro como le había visto hacer, sacando prácticamente la totalidad de aquel ungüento, y se lo esparcí. Se tensó, más por nervios que por miedo, pero no me dijo nada. Yo sí.

—No te haré daño. Y si es así, dímelo y paro, ¿vale?

Esta vez, a diferencia de la anterior, no se envalentonó ni me contestó desafiante. Suspiró hondo y me cogió de la mano. Me coloqué y, a pesar de notar una resistencia normal, no fue algo imposible. Fui lento. Constante. Dejando que se acomodase a mí y así poder ganar unos centímetros. Entré un poco más de la punta, pero, antes de llegar a la mitad, su inexperto acceso empezó a complicarme poder continuar. Ella estaba extasiada, ida por completo, y solo reaccionaba cuando yo llegaba hasta la mitad o un poco más allá. Me apretaba, me exprimía mientras yo le mordía el cuello. Y sin que estuviese premeditado, pillándome también por sorpresa a mí, me vacié dentro de ella. Tuve que tener cuidado, porque en ese momento tan frenético es fácil ponerse a empujar sin control. Pero no fue así y tuve un orgasmo muy diferente a lo habitual. Había sido contenido, casi denegado, pero lo había tenido. Algo raro de explicar, pero muy intenso de sentir. Era como cuando nos estamos estirando y lo cortamos, una sensación parecida pero elevado a la enésima potencia. Placentero y frustrante. Fui recuperando poco a poco el aliento mientras le acariciaba la cara y le besaba el hombro. Ella se giró hacia mí con una sonrisa plena de felicidad.

El final del trayecto fue ante un rascacielos. Una torre de las cuatro más imponentes que hay en la ciudad y que alberga un lujoso hotel en su interior. Nos bajamos del coche lo más adecentados que pudimos, pero no hubiésemos pasado un examen a conciencia. Yo seguía a Patricia, que caminaba decidida hacia los ascensores. Dentro, aprovechó para mirarse en el espejo.

—Dios mío, qué pintas.

—No creo que Dios haya tenido mucho que ver en eso...

—¿Te parece bonito dejarme así? —me preguntó mientras señalaba distintas marcas en su piel.

—Te quedan tan bien, que deberías tatuarte mis dedos.

—Eres lo peor...

Al llegar a nuestra planta, recorrimos un largo pasillo hasta detenernos ante la puerta que estaba justo al final. Una inmensa *suite* esperaba al otro lado.

—¿Me vas a contar de qué va todo esto?

—Mi bufete representa legalmente al hotel. Tenemos un acuerdo y por toda la cobertura legal, entre otras cosas, tenemos a disposición una habitación siempre. Solo que, para hoy, la pedí un poco más especial.

La habitación era asombrosa. Pero si algo destacaba eran las vistas. Una cristalera, inmensa, permitía gozar de una panorámica única de la ciudad. Mi mente, como es lógico, empezó a mezclar como una coctelera todas las posibilidades que aquella estancia nos brindaba.

—Me voy a duchar, luego tú, y si quieres podemos comer aquí. En la habitación…

—Hoy estás muy acertada en todo, debo decir.

—Pues espero que luego aciertes tú. Yo no soy de dejar nada a medias, guapito.

—Pero cómo eres tan mentirosa. ¿Me echas la culpa? Descuida. Dúchate y disfruta.

—Déjame elegir a mí la música, a ver si te sorprendo también en eso.

—Esperas conseguir un pleno hoy. Está bien.

Sacó su móvil, lo sincronizó con la habitación, y no tardé en reconocer lo que había puesto. El sonido era realmente bueno y a los pocos segundos tuve claro que Patricia había escogido muy bien. *Secret Garden* de Bruce Springsteen propiciaba un momento de tranquilidad y reflexión perfecto. Me acerqué caminando hasta quedar casi apoyado en el cristal. Toda la ciudad a mis pies... Todo parecía diminuto, era como estar frente a una maqueta. Es increíble observar el movimiento de una ciudad tan grande desde la altura, parece la maquinaria de un reloj. Todos sus engranajes y pequeñas piezas tirando unas de otras para dar la hora exacta. Pero este reloj era diferente. Aquí, la hora no siempre era la correcta y, en vez de tirar unas de otras, se tiraban unos a otros.

Tercer día de la semana prometida y me reafirmo: la ciudad en verano tiene algo particular. Y los que la poblamos en estas fechas, más allá de las obligaciones laborales, también. A lo largo de mi vida he conocido a las personas más peculiares en verano, y he vivido situaciones muy dispares entre sí. Somos los otros. Los que no veraneamos en playas abarrotadas. Los que no tememos una soledad y nos gusta encontrar sitio en cualquier restaurante, sea el día de la semana que sea. Me gustaba quedarme para ser yo mismo, en el mismo sitio de siempre. Normalmente, las personas huyen a otros destinos para ser ellos mismos.

No puedo escuchar nada del exterior pero, aun en estas fechas, seguro que el ruido sigue siendo muy notable. Me siento como un vigilante. Un justiciero, observando y analizando la ciudad en busca de algo que no encaje. ¿Y si era yo el que no encajaba? Mis amigos estaban juntos en alguna playa. Efectivamente, abarrotada. ¿Por qué no me había ido con ellos? Tenía medios y podría prescindir de mis obligaciones, si quisiese. Pero no lo hice, preferí quedarme un año más. Quizá, en busca de esas nuevas y extrañas situaciones como la que acaba de vivir y que aún no había terminado. Sería yo también una de esas almas perdidas que no encuentran su sitio. O, quizá, me faltaba aceptar que ya lo había encontrado. Estaba perdido en mis divagaciones cuando noté las tetas de Patricia pegándose en mi espalda. Me abrazó por detrás, hasta que sus manos terminaron en mi pecho, donde se entrelazaron con las mías. Me dio un beso en el hombro y apoyó su cabeza ladeada sobre mí. Nos quedamos así, en silencio, disfrutando del cariño mutuo.

—¿Estás bien? —Patricia rompió el hielo—. Te veo muy callado...

—¿Insinúas que hablo mucho de forma habitual?

—Insinúo que ahora mismo lo haces poco, listillo. Te recuerdo que soy abogada... No juegues a mi juego.

Me hizo sonreír.

Patricia era buena en la batalla dialéctica, rápida y ágil pensando. Eso me gustaba mucho.

—Estaba pensando, simplemente. Deberías probarlo alguna vez.

—Ay, lo siento, es que ante una persona como tú me quedo en nada...

—Es bueno que no te cueste reconocerlo.

—¡Imbécil! —Lo acompañó con un azote en el culo.

—Estoy bien, asimilando lo de hoy. Me ha gustado mucho. Tú me gustas mucho.

Fue ella la que me giró y miró directamente a los ojos. Como si buscase algo que le indicase verdad o mentira en mis palabras. Contuvo esa mirada unos segundos en silencio y me besó. No fue un beso más, ni se parecía a los otros. Fue diferente, sincero, hasta agradecido. A ese, lo acompañó otro, que partió de ambos. La cogí en brazos, me rodeó con las piernas y seguimos besándonos. Caminamos hacia atrás unos metros hasta que me pidió que la bajase.

—Vamos a la ducha, te toca.

Era cierto, aún no me había duchado. Ella tiró de mi mano. *Kingston Town* de UB40 se escuchaba en el baño. Una buena ducha, amplia, de mármol negro. Y al lado, un *jacuzzi* con hidromasaje repleto de agua.

Patricia estaba en todo. Terminé de desnudarme mientras ella adecuaba la temperatura. La mezcla de su cuerpo, sus besos y el agua cayendo sobre nosotros volvieron a excitarme. Empecé a empalmarme estando entre sus piernas, y el roce nos produjo gran placer a ambos.

—Te vas a duchar dos veces seguidas —reparé al verla allí de nuevo.

—Es que no paras de ensuciarme...

—Pero si yo no te he hecho nada esta vez.

—¿Y a qué esperas? —me sonrió divertida.

Cogí el gel, vertí una pequeña cantidad en su mano y otra en la mía. Mis manos fueron a su cuerpo y las suyas al mío, pero ambas hicieron lo mismo. Nos recorríamos por todos sitios, acariciando con suavidad, a la velocidad que nos marcaba el jabón. Le di la vuelta y amasé su culo con ganas. Me puse de rodillas para recrearme mejor y ella se inclinó hacia adelante, apoyando sus manos contra la pared. Mi dedo en esta ocasión prácticamente no encontró resistencia alguna. Entendí que después del trayecto en coche ella se había preparado a conciencia en su ducha solitaria. El dedo corazón entró con facilidad y se sumó el índice. Me dio tanto morbo volver a estar así, que me puse tras ella y comencé a penetrarla. Lentamente. Fue algo rítmico, lento, pausado y tranquilo. Con gran disfrute para ambos. Ninguno de los dos nos corrimos, no teníamos el ansia inicial y nos manteníamos excitados. Terminamos de asearnos y nos metimos en el *jacuzzi*, donde nos quedamos en silencio, abandonando nuestro cuerpo al burbujeo constante que nos golpeaba. Ella se deslizó por el agua hasta quedar frente a mí mientras la abrazaba.

—¿Por qué me has besado así antes, cuando estábamos en el salón? —le pregunté.

—Porque no me has mentido. Lo que me has dicho, me lo has dicho de verdad.

—¿Y eso cómo lo sabes?

—¿Me has mentido?

—No, no lo he hecho.

—Pues ahí lo tienes, cielo. —Me sorprendía la seguridad que mostraba.

—Eso no me vale, puedo estar mintiendo ahora con que no te he mentido antes.

—Puede. Pero ¿para qué? Follamos de manera increíble, nos entendemos, nos llevamos bien, no obtendrías nada. A estas alturas de mi vida, me doy cuenta de esas cosas. No siempre, claro, hay mucho cabrón suelto. Pero en general me doy cuenta... ¿Me vas a contar qué te pasa?

—No me pasa nada, Patricia. Solo te pregunto, me intereso por ti y por nuestra relación.

—¿Pero por qué ahora y de esta manera? ¿Crees que con todo lo que he hecho hoy pretendo dar un paso más o algo así? No me pareces el tipo de hombre con esos miedos absurdos e inseguridades. Por eso me gustaste desde el primer momento.

—Y no lo soy. Sabes muy bien que no tiene nada que ver.

La pregunta de Patricia me hizo pensar en mi estado. Realmente me sentía diferente, algo inquieto. Parecido a la sensación que tenemos cuando salimos de casa y no recordamos haber hecho algo que debíamos.

—El otro día conocí a una chica.

—¿A una sola? —Patricia me miró levantando las cejas y con una sonrisa cómplice, quitándole hierro a la situación.

—Como ella, sí. No sé explicarlo.

—Vaya... «Como ella» —repitió mi frase, gesticulando como si la estirase con las manos.

—Si te vas a reír... No te cuento nada.

—A ver —rompió mi abrazo y se giró sobre su eje hasta quedar frente a mí—, vamos a dejar algo claro. Me gustas mucho. Me atraes y me seduces. Me excita tu cuerpo, tu mente, tu lujuria y esta polla, bendita, que tan contenta me tiene, pero yo no soy una niña, ni me estoy haciendo una idea equivocada de esto. Cuéntame lo que quieras, como tu amiga que soy.

—Patricia, yo no he dicho que te hayas equivocado con esto ni nada por el estilo... No quiero que pienses que te estoy acusando de nada, no es así.

—El primer día que viniste a mi casa y follamos, tuve muy claro que había más. Que siempre habrá más. Ese mismo día, el siguiente o esta noche. Y aquí estoy. A mí eso me da igual. Sería lo más normal. Tú no me has mentido, no me estás utilizando ni eres un cabrón. No en ese sentido, claro... —Otra vez esa media sonrisa.

Yo la escuchaba con atención y no pude evitar sonreír con ella. Me daba mucha tranquilidad lo que me decía.

—Por lo que a mí respecta, puedes seguir llevando la vida que quieras, tampoco sé tanto de ella. Pero no hagas daño a nadie, porfi. De manera consciente, al menos. Puede ser involuntario y eso no es culpa de nadie. Y procura que no te lo hagan a ti.

—Te decía que el otro día conocí a una chica, pero no pasó nada con ella. Esa es la cosa. A decir verdad, ni siquiera conozco su nombre. No sé, fue algo muy raro. Pero si te lo cuento es porque, como has dicho, me entiendo bien contigo. A mí me gustas mucho, Patricia, y eso es algo que no se puede disimular.

—Lo sé. Y por eso no dudo de tus palabras. Cuéntame, ¿qué pasó?

—No lo sé... —eché la cabeza atrás, recordando el episodio del metro y no pude evitar sonreír—, fue raro, me sentí..., no sé cómo decirlo. Es como si yo no fuese yo, o no el yo que suelo ser.

—No sé si te entiendo bien, eh. ¿Cómo que tú no eres tú?

—Pues que ella fue la que llevó el ritmo de la situación. Estuve hasta nervioso, un poco descolocado. Era como estar...

—Al otro lado... —me cortó ella.

—Al otro lado... —repetí sus palabras de manera pausada.

—Sentiste lo que solemos sentir nosotras y eso te confundió un poco. Vaya, vaya. El cazador, cazado. ¡Qué curioso! Cuéntame todo, que ahora sí que tengo intriga.

—Puede que tengas razón en lo que dices. Puede. No voy a dártela tan rápido... —Y le di un beso en los labios que ella interrumpió.

—Va, ¡cuéntame! Pesado.

—Pues... Coincidimos en el mismo vagón y yo no me había fijado en ella. De hecho, cuando reparé en que estaba allí, no sé cuánto llevaría.

—Dices que no sabes su nombre. —Negué con la cabeza—. Bueno, pues dime al menos cómo es.

—Es rubia, con el pelo largo. Tiene unas facciones muy bonitas, muy dulces y femeninas. Unos labios jugosos. Y sus ojos, azules grisáceos, son preciosos. Tiene un aspecto frágil, pero una gran personalidad y algo de carácter.

—No tiene mala pinta… ¡Me está gustando hasta a mí! Ay, mi chiquitín. —Patricia se acercó y me besó con pasión—. Qué mezcla más curiosa tienes. Me encanta el tacto y la admiración con la que hablas de una chica, y el cerdo pervertido que eres luego.

—Soy un romántico pervertido. Debe ser.

—Y esa chica te encanta, eso lo tengo muy claro.

—Me gusta, sí.

—No, no te gusta. ¡Te encanta! Porque yo no he hecho nada y mira cómo está esto… —Patricia me agarraba la polla, que estaba totalmente dura—. Tengo muy claro que no ha sido por mí. Pero…

Se puso de pie, giró ante mis ojos y fue bajando.

—… Me la voy a clavar yo. ¡Por ti, chica sin nombre!

¿ES MÁS HOMBRE QUE YO?

JUEVES

Llevaba todo el día sin salir de casa. Lo había agradecido y hasta necesitado tras las últimas aventuras. Estaba pensando en la cena. O, mejor dicho, pensando en qué preparar. Tampoco estaba demasiado inspirado y decidí ver alguna receta que despertase mi curiosidad, aunque tenía algunas cosas en la nevera que me podrían servir. Y, justo, se me cruzó un mensaje entremedias.

¡Hola amooor!
Estoy llegando a Madrid,
¿podemos vernos?

**No te digo que me dejes quedarme en tu casa,
porque ya sé la respuesta...
Pero al menos ducharme en LA DUCHA
esa que tienes y cenar algo rico que me prepares,
sí, ¿verdad?**

Daniela era así. La conocí hace un par de años y tenemos una relación, digamos, particular. Porque ella era muy particular. Físicamente, imponente y espectacular. Alta, atlética, con el pelo largo, llamaba la atención por cualquier sitio que pasase. Pero era como un iceberg, ocultaba muchísimo más de lo que se podía ver a simple vista. Una rosa, irresistible, que querías coger y oler, pero que estaba llena de espinas. Ella se encargaba de que te diesen igual... Entre nosotros nunca había ocurrido nada sexual. Un sol nunca calentará a otro sol. Ambos éramos muy dominantes y, además, los estímulos de Daniela eran otros muy diferentes. No obstante, nuestra relación era muy buena y natural. Y ambos sabíamos qué se ocultaba en las sombras del otro.

**¡Esto sí que es una sorpresa!
¿Cómo es que vienes y me avisas
con tan poca antelación?**

Porque me ha surgido de última hora...
¿Tan ocupado estás?

                                      Bueno...
                    Pues un poco sí, la verdad.

   Fingí.

Pero por mí lo dejas todo.
¿A que sí?

                                      Podría ser.
        Y, por cierto, usar mi ducha conlleva un peaje,
                                ya lo sabes...

¡Bah! No para mí, soy tu *prefe*.
Además, con lo despistada que soy,
ya sabes que me desvisto
y dejo la ropa tirada en cualquier lado...

                        Eres incorregible, de verdad.
                              ¿Qué quieres cenar?

Cualquier cosa, no te compliques.
Pero esos raviolis que haces, con queso,

**tomate seco y trufa
no estarían nada mal.
Es una sugerencia, eh.
Me adapto, gordi.**

> **Ya... Te adaptas mucho.
> Aquí te espero, anda.**

Dejé el móvil sobre la mesa y me fui a la cocina. Abrí la ventana y agradecí la brisa que entraba; aunque cálida, era agradable. Encendí el altavoz inalámbrico y esperé a que *Clair de Lune* de Claude Debussy comenzase a sonar. Cocinar es un acto de amor, de pasión y armonía, con sus propios tempos. Saqué todos los ingredientes y los puse sobre la mesa. Con dedicación y delicadeza. Al igual que uno se despierta y requiere de cierto tiempo para activarse, aquellos que estaban en la nevera necesitan aclimatarse un poco para ser usados debidamente. El queso se trocea mejor, la mantequilla es más cremosa y la masa no está tan rígida. El plato del que hablaba Daniela son unos raviolis hechos a mano, rellenos de queso gorgonzola y tomate seco. Pero el secreto reside en la crema que los cubre, una mezcla de otros tres quesos con trufa blanca. Todo queda perfectamente combinado y es una verdadera delicia. Me puse unos guantes para maniobrar bien con las manos e ir preparando todo. Además, Daniela se llevaría una sorpresa. Esa tarde había preparado un postre de lo más especial. Se trata de un tomate grande, sin pepitas, el cual hay que hervir durante tres horas en una suave crema de caramelo previamente fundido. Tras eso, se rellena con fruta de la pasión troceada, kiwi y avellanas partidas. Para terminar, se sirve sobre un lecho de granadas. Es un postre exquisito pero muy laborioso, además de la dificultad añadida de poder encontrar todo lo necesario para prepararlo. No le había dicho nada, prefería que se sorprendiera. Mientras dejé el agua hirviendo y con todo listo para empezar a cocinar, fui poniendo la mesa. Según terminé, llamaron a la puerta. Era ella. Al abrir, nos fundimos en un abrazo.

—Me encanta verte, amor. Lástima que sea cada tanto tiempo.

—Pues ven tú a visitarme, ¡que también puedes! Aunque no cocine como tú.

—Bueno, ya sabes que me gusta más que me sorprendas. Pasa, no te quedes ahí.

Daniela entró y dejó la maleta, el bolso y el abrigo. Todo en el mismo sitio.

—Mira, no te había enseñado esto antes, ¿verdad?

Se llama perchero. No lo he inventado yo, ojalá, pero estoy encantado con él. Pruébalo, es fácil. Revolucionario.

—¡Dioooos! Odio tu sarcasmo. Cuélgalo tú, qué más te da.

—Daniela...

—¡Ay! Qué hombre más pesado. —Se agachó para recogerlo todo y aproveché para mirarle el culo, que es increíble. Incluso dudé si no había hecho aposta todo aquello—. ¿Contento?

—Ya sabes que sí. Buena chica.

—Uy, sí... Pero bueno, mejor. Me gusta hacerte feliz. ¿Me has hecho tú feliz con mi cena?

—Pues has tenido suerte. Pero aún le queda. ¿Quieres ducharte antes?

—La verdad es que sí —respondió mientras se abanicaba con la mano—, así me cambio y ceno más fresquita y cómoda. Además, el hotel está cerca de aquí.

—No me has contado a qué has venido de improviso.

—A mis cosas...

—Tus cosas... —sonreí negando con la cabeza—. Entiendo.

A pesar de ser una mujer muy sexual, el combustible que hacía arder su fuego no era el vicio como tal, ni cualquier otro estímulo de ese tipo. Daniela tenía dos vías de acceso: el dinero y el poder. Centrado en el primero. Lo segundo era el modo mediante el cual lo conseguía. Desde hacía unos años, había ido adentrándose cada vez más en el mundo de la sumisión financiera. Aunque había oído hablar de ello, lo conocí de cerca gracias a ella. Y es algo que siempre me pareció asombroso. Su principal placer consiste en que le den dinero. Y el principal gozo de quienes se lo dan es ese: perderlo. Entregárselo presos de un deseo irrefrenable por complacerla. Verse privados de sus ingresos por agasajar a una «diosa» como ella. Por cumplir sus deseos y satisfacer todos sus caprichos. Regalos de todo tipo y valor, ingresos en efectivo, viajes, lo que fuese. Cualquier cosa valía. Yo presencié cómo un individuo, que superaría fácilmente la cuarentena, le pagó quinientos euros por darle un masaje en los pies en un parque; aquello no llevó más de quince minutos. Y doy fe que no hubo más contacto que ese. Casi nunca había sexo, de hecho. Estoy casi convencido que eso ya, a ella, apenas le causa placer. O no con la misma intensidad. Lo que ella hace va más allá de lo físico. Está muy metida en esa otra dinámica que parece no tener vuelta atrás.

—Mañana te vas todo el día de compras, ¿no? —le pregunté mientras me sentaba en el sofá.

—Bueno... Algo así. Tengo un amigo nuevo que quiere hacerme unos regalitos y yo no le iba a decir que no, claro.

—Regalitos que, supongo, incluyen el viaje, el hotel, todas las compras de mañana y... ¿cuánto más en efectivo?

—¡Eres adivino! —Fingió cara de sorpresa—. ¿Cómo lo has sabido? —me dijo mientras sonreía y me enseñaba tres dedos.

—No está mal para un día de trabajo...

—No, nada mal. Pero, ahora, ¡a la ducha! Ay, qué ducha por favor...

Ella sabía que yo no la juzgaba. No me parecía mal en absoluto que hiciese aquello. Era su vida, su cuerpo y su sexualidad, podía exprimirla como quisiese. Además, he sido testigo directo de los efectos y he visto a esos tipos retorcerse de placer de una manera que cuesta imaginar. Sin embargo, ese era el principal motivo que nos alejaba íntimamente a nosotros dos. Tonteábamos y no teníamos pudor alguno entre nosotros, pero nunca habíamos ido más allá de vernos desnudos, tocarnos o besarnos, sin una intención concreta. Podía tocarle el culo o que ella me agarrase el paquete, jugando, sin más. En ese aspecto éramos más como una buena amistad con mucha confianza. Dos amigos con derecho a roce, sin que hubiera habido roce. La acompañé hasta el cuarto de baño y le indiqué dónde estaba todo.

—Donde siempre. No te veo cambiando las cosas de sitio, ¡maniático! —me dijo mientras me sacaba la lengua.

—Sí, descuida. La próxima vez lo tiraré todo en el suelo, amontonado en un rincón.

—Fuera de aquí, ¡pervertido! —Y me empujó suavemente hacia la puerta mientras se reía.

La dejé allí y volví a la cocina para asegurarme de que todo iba bien. A los pocos minutos, y tras remover un poco la pasta y bajarle el fuego a la salsa, volví a la habitación. *Wicked Game* de Chris Isaak se escuchaba antes de llegar, por el pasillo. Y en el picaporte de la puerta, colgando como si fuese un fruto caído de un árbol, el tanga de Daniela. Azul, con encajes bordados y los bordes de raso, casi diminuto. Parecía hasta insultante cobrar por un trozo de tela tan pequeño. Estaba tibio y antes de acercármelo ya pude percibir su aroma. Me encantaba cómo olía esa chica, tan suave siempre. Caminé hasta mi habitación y pulsé el botón que volvía translúcido el cristal desde ese lado. Tenía razón con lo de pervertido, si me viese ahora... Me senté en la cama para disfrutar del espectáculo. Ver cómo se duchaba podría provocar un infarto a más de uno de esos que la adulaban. Permanecía bajo el agua, calentando su piel como lo haría una sartén en el fuego. Mojaba su pelo, rostro, todo. Echaba una abundante cantidad de jabón en sus manos, que se desbordaba y caía por los lados. Ella lo miraba, imagino que pensando en algo similar a lo que me evocaba a mí. Y remataba echándose más en su pecho, directamente del recipiente. Embadurnada, comenzaba a extenderlo, sintiendo cómo su piel se suavizaba un poco más en cada pasada. Sus poros se abrían por el calor, y se nutrían de todos los beneficios que le aportaba aquella mezcla de mandarina y sándalo que estaba usando. Era melódica la manera en la que recorría su cuello y sus hombros. Pausada, sin ninguna urgencia. Enjabonaba su piel y recorría su cuerpo entero. Sus piernas, su culo, que inclinaba para facilitarse la tarea. Daba la sensación de que ella misma lo disfrutaba de un modo irremediable. Se recreaba exhibiéndose, aunque estuviera sola. Empecé a excitarme, como siempre me ocurría, y ya notaba una dureza demasiado incómoda en mi pantalón. Me desabroché y me saqué la polla, totalmente dura. Tan tersa que hasta brillaba. Me envolví aquella prenda íntima, como si fuese una venda que me aliviase, y me acaricié con ella. Después, la llevé a mi cara para olerla y sentirla. Con la otra mano, empecé un vaivén lento, pero constante, imaginando todo lo que nos haríamos si bajásemos de nuestros pedestales. Aquello que estaba ocurriendo era una dinámica habitual entre nosotros, pero siempre lo hacíamos así, sin que fuese demasiado evidente. Ambos sabíamos que eso ocurría. Sin embargo, aquel día, no encontraba la motivación necesaria. Tenía la cabeza en otro sitio, no me concentraba, y desistí. Los últimos acontecimientos me tenían muy dubitativo. Y de no haber sido por Daniela, me habría quedado solo. Dejé el tanga en la puerta, justo donde estaba, y volví a la cocina. Ella apareció tiempo después.

—Amor, ¿qué pasa aquí? —Estaba preciosa con un albornoz blanco que resaltaba aún más su pelo húmedo—. ¿Me explicas esto? —En su mano colgaba el tanga.

—¿Qué debo explicar? —Me hice el despistado, aunque sabía perfectamente a qué se refería.

—¿Por qué no está chorreando mi tanga? Solo hay una gotita... —esto último lo dijo fingiendo una gran lástima, mientras pasaba la punta de la lengua y la recogía—. Igual de rica, eso sí. ¿Ya no me quieres?

—Sabes que sí... Pero me he distraído con la cena.
—Mentí. Me acerqué a ella y nos besamos, saboreando todos los matices.

—Por favor, ¡qué excusa es esa! Distraído, ¿tú?, dejar eso a medias, ¿tú? Algo pasa aquí... Y me lo vas a contar —esto lo dijo mientras me frotaba con la palma de la mano en la braguetade manera muy sutil.

—Aquí lo que pasa es que vamos a cenar en breve. —Di un paso atrás, alejándome de ella, y la observé mientras se sentaba con las piernas algo separadas para mostrarme su coño de diseño, irresistible del todo. Me pilló, claro.

—¿Qué miras? ¿Esto? —Y separó las piernas lentamente, subiendo su pie izquierdo a la silla.

—No lo vas a conseguir... No insistas —pero esto lo dije incapaz de retirar la vista. Poseído.

—Ya veo, ya. No consigo nada de nada... —Sonreía como lo haría el diablo.

Me quedé unos segundos con la mirada fija y el pensamiento perdido. Si a mí me causaba eso, sabiendo que solo era un juego y no llegaría a nada, no imaginaba cuáles serían los estragos que causaría en los otros. En los suyos.

***

Una mañana, hacía un tiempo, había ido a verla al hotel en el que se alojaba para desayunar y estar con ella. Casi recién levantada, y aún desperezándose, recibió una llamada de un tipo con el que había estado interactuando (así lo describe ella) durante la semana anterior. Casi entre sollozos, le decía que no tenía dinero para hacer frente a las facturas ese mes. Que su mujer, pues estaba casado, se iba a enterar y tendría un problema serio. Pero Daniela se había pasado todo el día anterior encaprichada con unos zapatos que había visto. Fue el tema principal mientras comimos, incluso. Y ese le pareció un buen momento para comentárselo. A una persona totalmente desesperada y angustiada. De fondo, sonaba *Baby did a bad bad thing*, era perfecta. Le habló con mucha suavidad y dulzura, calmando su estado ansioso inicial. Era como si desenroscase el pequeño frasco que contenía la pócima secreta del control mental, delante de él. Él gritaba, desesperado, se lamentaba sin parar y ella sonreía. Le preguntaba que cómo imaginaba que le quedarían unos zapatos de esas características, las cuales describió una a una, con todo detalle. Forma, tamaño, color, tacto, incluso el olor… Cómo sería pisarle con eso, pasar su lengua por ellos, no se dejó nada. El incauto colgó el teléfono de repente. Parecía más un acto de huida, desesperado, que algo real o un enfado sentido. Mi amiga depositó el teléfono sobre la mesa con total calma, sin perder la sonrisa, y siguió mirando, como si esperase algo. Poco después, volvió a sonar y su sonrisa se hizo aún mayor, parecía el gato de Cheshire. Se relamía. Como espectador, era increíble presenciar aquello... Era una domadora ejerciendo su poder. Poco a poco, se había ido enroscando alrededor del cuerpo de su presa y ahora comenzaba a apretar. No cogió la llamada. Ni las tres que le sucedieron, entremedias de unos cuarenta mensajes, completamente desesperados. Esa fue la primera vez que vi a Daniela masturbarse delante de mí. Aquello era lo que despertaba su deseo. Estaba tan encendida por la situación que le di igual, o se acordó de que yo estaba cuando era tarde para retroceder. Su móvil sonaba y sonaba, con la misma insistencia que sus dedos retorcían su clítoris.

—Así, perro, sigue llamando... —dijo mordiéndose el labio con fuerza.

Sus ojos se cerraban del placer que sentía. De pronto me miró, con una mezcla de resignación, diversión y cierta timidez, había de todo. Asumiendo que, desde ese punto, ya no habría ningún secreto entre nosotros. Pero parecía también aliviada en cierto modo. El tipo volvió a llamar.

—¿Te gusta lo que ves? —me preguntó mientras se ponía de lado hacia mí. Yo tardé unos segundos en responder porque seguía mirando hacia el móvil.

—Me gusta y mucho lo que veo…

Justo antes de que yo pudiese contestar, ella usó mi distracción para responder la llamada. De manera que aquel pobre desesperado me escuchó. Y un buen gemido de Daniela, que vino a continuación, también lo escuchó con claridad. Colgó acto seguido. La cascada de mensajes fue inmediata preguntando por la voz masculina. Que quién era, qué hacía, dónde estaba, y que por favor le cogiese el teléfono. Llamaba y escribía con frenesí.

—Tengo que pedirte un favor… —dijo usando su mirada más felina.

—Sinceramente, no soy capaz de imaginar qué podrías pedirme ahora mismo.

—Necesito que te desnudes. La tienes dura, ¿verdad? —Su pregunta sonó más bien retórica.

La situación era muy excitante por poder verla de esa manera, pero yo estaba sintiendo más curiosidad que otra cosa.

—Bueno, me llama la atención, es cierto. Pero no estoy cachondo del todo. —Lo cual era cierto.

—Vaya… Un chico difícil. Desnúdate, quiero verte.

—Me alegro que quieras. Pero estoy bien vestido.

—¡Pero yo estoy solo en braguitas!

—Y yo no te he pedido tal cosa... Tu pijama era guay.

—Te lo pido por favor. Estaremos en deuda, va, amor...

No era porque estuviera en deuda conmigo. De hecho, si algo había quedado claro en ese momento es que chocaríamos más que otra cosa dada nuestra forma de ser. Pero yo también quería saber hasta dónde llegaría todo aquello. Y lo hice. Era la primera vez que me veía desnudo.

—Mmm... Qué buena polla tienes. No me había equivocado, por lo que veo.

—¿Y qué quieres que haga ahora? —Me quedé ante ella esperando instrucciones.

—Tú, nada. Pero déjame que le haga una foto... Ese es el favor.

—¿Una foto a mi polla? —pregunté confuso.

—Sí, una foto y ya. Prometido.

—Pues no sé si me compensa el trato.

—Porfi, porfi, porfi...

No dije nada más, porque hubiese sido inútil. Ella se acercó hasta mí y sentí sus manos sedosas tocándome. Y eso sí me dio mucho morbo. Recorrió toda la extensión de mi carne con las uñas como si la estuviera desenvolviendo. Y en cierto modo lo hizo. Terminó de ponerse dura, muy dura. Dura del todo. Ella me miró y la agarró fuerte, apretando mientras me miraba. Creo que fue un momento de duda común hacia algo más, pero el dichoso móvil, sonando, nos distrajo. Y me hizo la foto tal y como me había dicho, aunque yo aún no sabía de qué se trataba. Viendo mi desconcierto, me enseñó uno de los mensajes que había recibido:

¿Es más hombre que yo?

Y Daniela, por respuesta, le envió la foto, escribiéndole:

> **Es más hombre de lo que tú serás**
> **en tu patética vida.**
> **Un macho de verdad. Dale el coñazo a tu mujer,**
> **a nosotros no nos molestes más, perro.**

Me sorprendió que hubiese un nosotros, pero viendo mi polla en ambos móviles, me pareció lógico. Yo era incapaz de predecir qué ocurriría a continuación. Todo recuperó posiciones de partida: el teléfono volvió a la mesa, Daniela a su sitio y sus dedos a su coño. Yo miraba, perdiendo cierta erección por la confusión del momento y la falta de participación; no me salía hacer nada. Ella terminó de quitarse las braguitas y las lanzó hacia mí, queriendo o sin querer. Las cogí y no pude resistirme. Durante aquella mañana de primeras veces, esa era también la primera que pude olerla y me cautivó. Mi cuerpo reaccionó de inmediato y, esta vez, fui yo el descubierto ante su atenta mirada.

—Eres un pervertido... —Sonreía divertida.

—A juego contigo —respondí muy encendido.

Retiró la mirada cuando su móvil volvió a sonar. Se inclinó sin dejar de masturbarse y lo cogió con la mano que le quedaba libre. Segundos después, el teléfono terminó por caerse de su temblorosa mano, mientras ella se corría y yo pude cogerlo para leer cómo aquel desesperado, que no sabía de qué manera pagar los recibos ese mes, acababa de transferir cuatrocientos euros con el concepto «Zapatos». Y Daniela se corrió de verdad, con fuerza. Ese era su centro del placer. Ni un cuerpo, una polla o el sexo. Sino el poder, el control que ejercía sobre las personas y cómo manejaba las voluntades a su antojo.

***

Había pasado tiempo. Y esa noche, en mi cocina y ante ella semidesnuda, yo recordaba aquello y pensaba en cómo sería de larga la lista de presas a día de hoy. Pero intenté recomponerme sacudiendo la cabeza y esos pensamientos.

—Vamos a cenar que esto no se puede calentar en el microondas. ¿Te vas a vestir?

—No, aún no.

—¿Vas a cenar así? —La miré, atónito.

—¿Por qué? ¿Te incomoda? —respondió, más desafiante que rebelde.

—Para nada, era simple curiosidad.

Pero no esperó mi respuesta, ya había salido de la cocina, contoneándose provocativa. Cenamos con normalidad, hablando de todo un poco, sin centrarnos mucho en nada. Llegó el momento del postre, el cual la entusiasmó. Todo le pareció irresistible y realmente lo era. Alargamos la sobremesa, ya que estábamos charlando animadamente. Le ofrecí algo para beber y quiso probar un vodka que tenía. Era una botella muy especial, que poseía un filtrado único a través de una madera noble, hielo y polvo de piedras preciosas. Me la regaló un conocido hacía años y aquella calurosa noche era un buen momento para probarla. Nos sentamos en el sofá, más o menos cerca. Bajé un poco la iluminación y puse música. *Girl you'll be a woman* de Urge Overkill completó la escenografía. Dedicamos unos segundos de silencio a nuestros pensamientos.

—Dani...

—Dime, amor.

—¿Eres puta?

—Mucho —me contestó al instante, asintiendo sin pensar.

—Pero, más allá de lo obvio, quiero decir.

—¿Me preguntas si ejerzo la prostitución? Por supuesto que no.

—Pero lo que tú haces entremezcla el sexo con el dinero. De algún modo le pone precio al placer.

—Yo no vendo mi cuerpo. No cobro por él, ni me acuesto con ellos.

—Pero hay comercio de un modo directo o indirecto, no me jodas —le dije mientras me incorporaba—. Puede que no seas puta en el sentido de cobrar por follar, pero está en la línea.

—Yo no lo veo así. —Dio un trago despreocupada, mientras se encogía de hombros.

—¿Y cómo lo ves tú? Ya sabes que no te juzgo, solo quiero entenderlo.

—Lo que es normal para unos, deja de serlo para otros, gordi. Yo qué sé. Siempre he sido así. Siempre he mandado, siempre han hecho lo que he querido. Solo que ahora quiero algo más específico.

—Dime algo más, esa respuesta no me vale.

—A ver. —Esta vez fue ella la que se incorporó, cruzando las piernas como un indio—. Tú tienes unos gustos sexuales que se podrían considerar poco corrientes o habituales para mucha gente. ¿Y? Eres libre de tenerlos.

—Pero los míos no están condicionados por algo material. Se da o no, surge o no, no hay un motor externo que lo active. Y mucho menos económico.

—Es que no es así... Tú estás intentando ver esto desde tu punto de vista y eso es imposible. Porque a ti no te gusta, no eres sumiso, no podrías entender lo que se siente.

—Pero ya no te hablo de ellos, te hablo de ti. De lo que te hace sentir a ti —le insistí.

—Es que tampoco es así, amor. Yo tengo mi trabajo, ya lo sabes. Y no es este. Me excita el dinero, no vivo de ello. Que me lo den, aunque no puedan hacerlo. Me pone cachondísima que un tío pida un crédito para regalarme unas cuantas cosas que le he pedido. Sí, es lo que más morbo me da. Pero por el control que ejerzo.

—Pero no es como la pesca deportiva. El pez vuelve al agua, el dinero te lo quedas tú.

—Porque no soy tonta, ¡no te jode! Si me lo dan...
—¿Has follado por dinero?
—Si te pones así, siempre hay gastos de por medio.
—No me des la vuelta...
—Es que sé dónde quieres ir a parar, pero te equivocas, amor. Yo no necesitaba ese dinero, no dependía de ello. ¿Quieres follarme? Qué estás dispuesto a hacer. Esa es la cuestión... Y te olvidas de lo más importante: para ellos, es lo máximo que hay. A mí me ha mandado más de un tío un vídeo, a las tres de la mañana, corriéndose en plena calle mientras me ingresaba dinero en un cajero. Y lo único que había hecho esa noche había sido reírme de su polla, porque era enana.
—Tienes razón... —Guardé silencio, mirando hacia el techo—. Es cierto que no puedo entender con facilidad eso que me cuentas porque yo no experimento ese placer. Sabes que soy dominante, pero lo mío se ciñe al sexo. Punto. No sabría extenderme más allá. O no... —Me interrumpió su pie junto a mi cara.
—Lámelo —me dijo mientras lo agitaba.
—¿Cómo? —respondí confundido mirando su pie.
—Que lo chupes... Vamos.
Reaccioné, y ahora la miraba con una media sonrisa.
—No voy a lamerte el pie.

—Sí, sí vas a lamerlo. Ya. Saca la puta lengua y chupa de una vez, que estás deseando, además.

Me miraba directo a los ojos con los suyos muy abiertos, fijos en los míos. Le agarré el pie y lo apoyé en el sofá.

—He dicho que no…

—Mira. —Ella se incorporó y se acercó hasta mí, agarrándome la polla por encima del pantalón—. ¿Lo ves? Un sumiso no solo me lo hubiese devorado, también estaría muy cachondo. Y a ti te abulta porque es imposible que no lo haga. Pero ya está. Sin embargo… Cierra los ojos.

—¿Para qué quieres que los cierre?

—Ciérralos, ¡pesado!

Cerré los ojos e incliné la cabeza hacia atrás. Noté cómo se movía a mi lado y a los pocos segundos sentí algo acariciar mi cara. Unas suaves pasadas en las cuales no logré identificar qué era. Pero cuando el roce se fue volviendo mayor, aspiré profundamente y supe que se trataba del pequeño tanga que dejé, colgando y colgado, en el picaporte del baño. Su mano lo frotó por mi cara y fue como si se sentase en ella.

—Si hacemos esto… —habló mientras su otra mano volvía a mi entrepierna—. ¿Lo ves?

Yo no hablaba. Ni veía nada. Pero sí que lo sentía.

Notaba cómo me iba llenando de sangre, mi respiración se agitaba y yo me iba excitando cada vez más. Al igual que ocurre con un ilusionista que te venda los ojos, no pude ver el truco, pero sentí la magia. Yo hubiese jurado que llevaba el pantalón debidamente cerrado. Pero la distracción con su tanga impidió que notase nada. Mezclado con su voz muy cerca de mi oído.

—No eres un perrito *lamepies*. Pero si te damos a oler unas braguitas húmedas, la bestia despierta y mueve el rabo...

La mano de Daniela fue sujetándome como si tuviese que guiar mi erección, que era considerable.

—Eso es... Relájate. Deja que crezca del todo, solo huéleme. Sé que te mueres por comerme el coñito... Como un cerdo.

Su mano me pajeaba, su lengua me lamía la oreja y su voz me follaba la mente con lentitud. Yo solo respiraba.

—Eso es... Mmm, qué dura y gorda está, joder. Quieres clavármela, ¿verdad?

Yo seguía en silencio. Aquello me estaba gustando mucho y tenía varios frentes atacándome. La olía, sentía y escuchaba, pero algo no me cuadraba. No en Daniela. No así. Pero volví a perderme en mis pensamientos cuando su tacto cambió y lo noté más húmedo.

—Me he tenido que lamer la mano. Porque me la habías manchado tú. Otra gotita de las tuyas.

Y comenzó una paja lenta, mucho, casi ni se podía decir que lo fuese.

—¿Lo ves, mi amor? Esto que estás sintiendo tú es lo que sienten ellos. Solo que cada uno tiene sus puntos débiles.

Un beso en la punta de mi polla me hizo creer por un segundo que ocurriría algo más. Pero abrí los ojos, al tiempo que ella se sentaba de nuevo en su sitio.

—Bueno, te ha quedado claro, ¿no? Uy —dijo mirando el móvil—, qué tarde es. Me visto y me voy al hotel.

Se levantó y comenzó a caminar en dirección a la mesa, donde había dejado el bolso. Yo miraba su culo alejarse. Me miré a mí, sentado, empalmado, y muy encendido. Terminé de quitarme el pantalón y me levanté en dirección a ella. Al llegar, la giré bruscamente, lo cual la sorprendió pero no alarmó; seguía en calma, mirándome desafiante, como esperando ver lo que iba a hacer. Tampoco habló, nada de nada, solo me miraba. Por mi cabeza pasaban mil cosas… Pero aquello había sido una jugada muy inteligente por su parte. Y me parecía justo que ganase ese asalto. Sin dejar de mirarla, la senté en la mesa cogiéndola por la cintura. Sus tetas quedaban al aire por fuera del albornoz. Y poco a poco me fui arrodillando ante ella. Sujeté su pierna derecha y la separé para abrirla un poco más. La vista directa de su desfiladero secreto apareció ante mí. Me llevé aquel pie de porcelana a la boca y lo lamí con deleite. Con ganas, con deseo, con necesidad. Lo había conseguido y quería que lo supiese. Su mirada estaba tan satisfecha como su sonrisa, que llenaba su boca. Pero algo ocurrió que ella no se esperaba. Se empezó a excitar también, porque aquella práctica me encantaba y sabía cómo hacerlo con buen resultado. Su respiración la delató. Echó la cabeza atrás para suspirar y me lancé. No fue premeditado, fue un impulso el que me llevó a estampar mi cara en su coño. Tanto, que hasta se desplazó unos centímetros hacia atrás por la mesa. Me miró con sorpresa y duda, pero mi lengua, metiéndose entera en ella, pareció convencerla.

—Para… No hagas esto. Tú… Tú… No puedes comerme el coño.

Esto lo decía mientras me apretaba más la cara, pero tampoco hacía falta. Porque yo lamía con muchas ganas. Lo cual resultó efectivo. Y a los pocos segundos, el discurso cambió del todo.

—¡Así! Mete bien el morro, menudo cerdo…

Acto seguido, sin saberlo ni esperarlo, un chorro inesperado me llenó la boca y me empapó la cara. Daniela no necesitaba de habilidad especial para practicar un *squirt*. Y estaba claro que le divertía porque estalló en una carcajada nerviosa, que se cortó pronto, cuando sintió cómo le escupía todo en las tetas, como si estuviésemos en una piscina. Di un manotazo en la mesa, a la vez que me incorporaba de golpe.

—¡Serás perra!

La cogí con fuerza del pelo e hice que se bajase de la mesa, arrodillándola ante mí. Era curioso cómo, a pesar de que mi brusquedad la había pillado por sorpresa, seguía teniendo esa mirada desafiante.

—Abre la boca —ordené sin titubeo alguno.

—¡No te voy a comer la polla!

Apretó los labios con fuerza, mientras giraba la cabeza a un lado y a otro. Tiré más de su pelo, pero su boca seguía cerrada.

—Abre la puta boca...

Y sin dejar de mirarme, con ira, deseo, derrota y pasión, la abrió. Y mi polla se coló dentro, hasta atragantarla. Comencé a moverme con ganas, con rabia y sed de venganza. Quizá fuese el resultado de tanta tensión sexual acumulada. Estaba arrodillada, con las tetas fuera, brillantes por el sudor y la saliva que caía hasta ellas, y aun así estaba preciosa. Con los ojos cargados de lágrimas, no me pidió ni insinuó que aflojara el ritmo lo más mínimo. Y aquello me espoleaba aún más. Me tiré en el suelo junto a ella para fundirnos en un beso que parecía letal para ambos. Nos lamíamos, mordíamos y terminábamos con más saliva del otro en nuestra boca. Estiré la mano y cogí la botella de vodka que estaba sobre la mesa. Eché un buen chorro en sus pechos, que terminé de lamer en su coño. Se quitó el albornoz y lo usó para ponerse sobre él a cuatro patas.

—Vamos, demuéstrame que eres un hombre. Un macho de verdad que merece follarme.

Su cuerpo era espectacular. Me puse tras ella y apoyé la punta de mi polla, completamente dura, encima de su culo. Ella miró hacia atrás, y fue la primera vez que vi un matiz distinto en su mirada. No se esperaba eso, pero no iba a mostrar debilidad en este punto, tal y como yo sospechaba. No me dijo que tuviese cuidado, nada de nada. Me retiró la mirada y se resignó. Y yo se la clavé muy poco a poco... Desconozco si era su primera experiencia anal, no lo creo, pero tampoco era una práctica muy habitual.

—Dios... Eres un hijo de puta —suspiró de manera tan profunda como mi penetración.

—No te quejes tanto, la voy a meter entera.

—¿Cómo? Aún no est...

Su voz se cortó cuando me incrusté hasta dentro. Y aquel silencio se rompió con un violento gemido, acompañado de otro enorme chorro que lo mojó todo. Tuve que agarrarla porque, prácticamente, convulsionaba. Daba la sensación de que se hubiese abierto una manguera fuera de control bajo nosotros, que se agitaba hacia todos lados. Seguí follándome aquel culo, delicioso, pero aquello no podría durar mucho más. Se salió de mí y se puso boca arriba. Ambos estábamos sobre un charco que el albornoz a duras penas podía absorber.

—Métemela en el coño y córrete dentro... Márcame, siempre seré tuya si lo haces.

—¿Y eso es lo que quieres?

—Sí, joder, no podía más. Llevo mucho tiempo queriendo hacer esto, pero esperaba que cayeses ante mí. Como lo hacen todos.

—Sabes que yo no soy así, Daniela.

—Lo sé, amor. Pero fóllame. Lléname. Hasta la última gota.

—En esto sí te haré caso...

Y lo hice. Agarrándome a su teta derecha, me corrí empujando con violencia y desesperación. Estaba agotado, seguía empujando de manera mecánica, por inercia de mi propio cuerpo. Caí sobre ella, que me miraba satisfecha. Notaba nuestra respiración, que iba a diferentes ritmos, aunque a veces se sincronizaba. Nos besamos de manera muy dulce y sentida, dándonos oxígeno mutuamente. Hacía mucho calor y estábamos empapados de muchos y muy diversos fluidos del cuerpo.

Fuimos recuperando la calma y ambos sonreímos sin saber muy bien cómo romper el hielo.

—¿Lo ves? Sabía que querías lamerme los pies...

Los dos nos reímos por su ocurrencia.

Daniela volvió a ducharse mientras yo esperaba sentado en el sofá. Llegó al salón y me habló mientras buscaba algo en su maleta.

—Me parece increíble que no me pueda quedar a dormir, tío. Y más hoy.

—Ya sabes que yo duermo solo. Esa condición no es discutible. Y verás cuando empiece a cobrar el agua de la ducha... —Eso provocó que se girara bruscamente, mostrando indignación.

—Deberías estar agradecido al cielo por haberme probado, ¡capullo! Muchos matarían.

—Matar, no lo sé. Otras cosas, sé que sí. Pero en

este caso, lo dejaremos en un empate técnico. O podemos fingir que esto no ha ocurrido.

—Mmm... No sé, no sé. Tendré que consultarlo con la almohada. ¡Ay! —se quejó al subir la pierna para ponerse el pantalón—, pues me has hecho daño, eh. Eres un bruto.

—Qué puedo decir... Cada acción tiene su reacción.

—Y esta reacción venía con pollón. Te odio.

—¿Te vuelves mañana o duermes en Madrid?

—¿Por? ¿Quieres volver a verme? —Se giró hacia mí, esperando atenta mi respuesta.

—Me gustaría mucho... La verdad. Mañana iba a ir a una fiesta a la que me han invitado, pero no sé.

—Pues sí, me vuelvo mañana —me contestó justo antes de sacarme la lengua burlona—. Tendrás que seguir soñando conmigo, como hasta ahora.

—Bueno, ahora podré soñar con más cosas. Algo es algo. Te acompaño a la puerta.

Nos paramos frente a frente, nos miramos y nos dimos un abrazo. Tuvo cierto sabor a despedida. No de nosotros, ni de nuestra amistad, pero sí de lo que había ocurrido allí aquella noche. Como si ambos entendiéramos que había sido un suceso aislado que no volvería a repetirse, y no por falta de ganas, sino porque no era lo que nos unía. Y quizá, podría terminar por separarnos. Le acaricié el rostro y escuché sus tacones alejarse tras cerrar la puerta.

Después de ducharme también yo, me fui directo a la cama. Me tumbé y encendí el ventilador que tenía en el techo. Pulsé el botón aleatorio en mi móvil y empezó la nostálgica banda sonora de *Twin Peaks*, aquella enigmática serie de los años noventa. Justo cuando me giré para dejar el móvil en la mesilla, algo llamó mi atención. Colgando de mi lámpara estaba el tanga azul que esa noche había causado todo. O, al menos, había actuado como excusa. Daniela sabía que ese era un punto débil que yo tenía y lo había usado en mi contra. ¿Qué estaría haciendo ahora mismo? ¿También estaría pensando en mí? Quizá, ya se habría subido de nuevo en esa montaña rusa de emociones infinitas. Estaría obteniendo favores, lujos, privilegios... Placer, a fin de cuentas. Me preguntaba si yo sería capaz de caer rendido de esa manera ante una mujer. De entregar mis riendas, sin reservas, como sí hacían conmigo, por otra parte. Había mucho tabú y más entre los hombres con todo aquello. Que uno actúe como un macho dominante está muy bien visto. Pero que un hombre sea sometido, a todos los niveles, por una mujer, aún continúa chocando y descolocando. Personalmente, me alegro por ella. Mientras lo controle y no le suponga ningún desorden, me parece bien que siga disfrutando. La luz parpadeante de mi teléfono me sacó de mis pensamientos. Leí el mensaje con una sonrisa plena.

A mí también me ha gustado mucho...

> **Me alegro. No sé si esto volverá a pasar, pero ha sido algo increíble. Inolvidable.**

Pasaron unos segundos y no recibí contestación. Dejé el móvil sobre la mesa, entendiendo que la ausencia era en sí su respuesta. Pero justo en ese momento volvió a sonar. Abrí el mensaje, que era una foto hecha desde arriba. Se veía su pubis y, al lado, unas braguitas verdes, con una mancha más masculina que femenina.

Tuya para siempre. Me encanta gotearte.

Daniela en estado puro.

EL LENGUAJE UNIVERSAL

VIERNES

Estaba en la terraza de aquel hotel. Mismo hotel que hacía dos días, pero con diferentes sensaciones. Prácticamente en la última planta, las vistas eran aún mejores. Pero la compañía se echaba de menos. Una noche despejada y estrellada complementaba un bonito decorado, con una temperatura exterior muy agradable.

Mientras miraba al infinito, apuraba los últimos tragos de mi *ginger-ale*. Si prestaba atención, podía ver mi reflejo en el cristal de seguridad que había ante mí. A esas alturas, sería muy peligroso que un edificio así no lo tuviese.

Me preguntaba por qué había ido, si a mí no me solían gustar esas fiestas. Ni la música que ponen en ellas. Estos bullicios, descontrolados, en realidad no sirven para mucho. Pero la temática me gustó. Una fiesta de máscaras con música de los años ochenta y noventa siempre resulta estimulante. Una mezcla diferente. Y teniendo en cuenta la vertiginosa semana que llevaba, por qué no subir la apuesta. Es curiosa la sensación que nos provoca cubrirnos el rostro. Nuestra imaginación se dispara y nuestros sentidos se agudizan, como si no quisieran perderse nada y cualquier cosa fuese posible. Aunque era bastante cómoda y no me agobiaba, me la quité un momento y la observé. De color blanco, lisa, pero con una parte azul cobalto simulando ser un antifaz de tela. Una máscara para la máscara, el colmo del engaño. Volví a mi reflejo, y entendí que había llegado el momento de marcharme. Podría aprovechar para caminar un poco, hasta que me cansase, al menos. Lo cierto es que quería ordenar mi cabeza, tenía demasiados pensamientos.

Hacía poco más de un día, en ese mismo hotel, había culminado una de las experiencias más increíbles de mi vida. Pero yo quería más, siempre queremos más. La quería a ella, a Patricia. La amaba. Con toda mi alma. Pero no podía dejar de pensar en alguien cuyo nombre ni siquiera conocía. Definitivamente, lo mejor era que me marchase. No sabía qué aspecto podría dar, teniendo en cuenta las fechas. Demasiado anticipadas, incluso para un Halloween muy prematuro.

Antes de recomponerme de nuevo el vestuario, busqué mi teléfono, pero no había ni rastro de Patricia. Ella me había pedido que acudiese esa noche, para evadirme un poco. ¿Por qué no se lo pedí yo a ella? Podría haberme acompañado. ¿De forma inconsciente, entendí que podría ser un obstáculo ante la posibilidad de conocer a una chica aquella noche? Ya tenía claro que ella no era así, y menos después de nuestra conversación. ¿Entonces? No lo sé. Pero no lo hice, y ahora sentía que no pintaba nada allí. Me di a mí mismo cinco minutos para marcharme. Quizá, podía beber algo más y, si no surgía nada interesante, como parecía que iba a ocurrir, emprender el camino. Detrás de mí, *True Faith* de New Order retumbaba a todo volumen. Al menos, la música podía justificar un poco más mi estancia.

—Está prohibido quitarse la máscara…

Una voz muy suave me habló desde mi derecha. De reojo, mientras seguía con la cabeza agachada observando mi máscara, vi unos pies preciosos, muy cuidados, enfundados en una delicada sandalia negra, de cinta, que subía por encima del tobillo. Continué mi panorámica por la pierna que quedaba fuera debido a la apertura del vestido. Realmente bonita. Decidí parar ahí y ponerme la máscara.

—Perdón, no me había leído las normas. —Terminé de ajustármela—. ¿Mejor?

—Perfecto. Hay que mantener el misterio…

De la cintura hacia arriba, el vestido, ligero y vaporoso, daba la sensación de estar pintado sobre su cuerpo. Un magnífico escote permitía contemplar sus pechos. Redondos, grandes, apretados y perfectos. Tenía el pelo liso y caía recogido hacia un lado. Una frondosa melena castaña, brillante y sedosa. Su máscara, negra y plateada, imitaba la silueta de una mariposa y le cubría todo el rostro, por lo que era imposible adivinar más allá.

—¿Te está gustando la fiesta? —me preguntó con una inesperada familiaridad.

—Bueno, he estado en fiestas peores —contesté algo seco e incómodo, por la intriga que me generaba no saber quién era, más que nada.

—Como te veo aquí, solo, con la mirada perdida…

—A veces, lo mejor que se puede hacer con la mirada es centrarse en lo que no falla nunca. Y hay un cielo precioso esta noche. Mejorando lo presente, por supuesto.

—No me estarás comparando con las estrellas...

—No, eso no sería justo. Para las estrellas, claro —le respondí al tiempo que levanté mi vaso, simulando un brindis.

Percibí una risa bajo la máscara. Pero con el ruido de fondo tampoco pude escuchar con claridad.

—Es increíble... No has cambiado nada —me dijo aquello negando con su cabeza.

—¿Perdón? ¿Nos conocemos? —Me frustraba no tener ni una pista.

—Es posible.

—Pero estoy en clara desventaja... Tú sabes quién soy yo.

—Ah... No habértela quitado, ya te lo dije.

—Al menos, dime tu nombre. ¿Cómo puedo llamarte?

—Llámame Celeste.

—Pero ese no es tu nombre real...

—No, claro que no lo es. Pero me has preguntado cómo podrías llamarme. Celeste está bien.

—Mmm... *Touché*. No está mal.

Aquello me descuadraba bastante. Pero, mirándolo bien, la noche había dado un vuelco considerable.

Me quería ir. Estaba cansado y saturado, pero allí aparecía de nuevo. Esa fuerza misteriosa que me atrapaba. Al menos, en apariencia, acababa de ponerse muy interesante. Seguí el juego, cómo no.

—Está bien, Celeste. Es un placer. —Cogí su mano y la llevé hasta mi cara, cubierta, para simular un beso con aquel rostro de escayola.

—¿Te gustaría bailar conmigo? —me preguntó, ignorando mi beso.

—Te lo agradezco. Pero no suelo bailar con desconocidas... Es una manía que tengo.

—Entiendo... ¿Y hay más manías? Veo que beber *ginger-ale* sin hielo continúa presente.

Era evidente que aquella chica me conocía, no podía haber dicho aquello de casualidad. Pero me resultaba imposible descubrir su identidad, por más que la miraba. Intentaba encontrar una marca, un tatuaje, lo que fuese. No había mucha luz y sus ojos tampoco quedaban muy expuestos. Todo aquello, sumado a su propio interés personal en impedirlo, me hacía muy difícil identificarla.

—Qué puedo decir... Soy un animal de costumbres.

—Anda, baila conmigo. Me lo debes desde hace mucho.

—¿También estoy en deuda contigo? Vaya, Celeste, me pregunto qué más sorpresas me guardas. Pero con esta música, es inviable.

—Tú ven conmigo, dejaremos el resto al destino —dijo, tendiéndome una mano que, por supuesto, cogí.

Su tacto era muy suave y delicado. Fui un paso tras ella y pude recrearme con el magnífico cuerpo que tenía. Era alta, pero estaba exquisitamente proporcionada. Un bonito culo bajo aquel vestido prometía una verdadera cascada de sensaciones. Había una zona intermedia entre la fiesta y la terraza que tenía un ambiente más íntimo, con mesas altas y bajas con sillones muy confortables. Allí se encontraban varias personas tomando una copa mientras hablaban y reían de forma menos agitada a lo que lo hacían en la fiesta. La magia, el destino, mi suerte..., qué sé yo. Desconozco a quién se lo debo. Pero, nada más llegar, *I'm Kissing You* de Des'ree nos sorprendió. Por un momento me pregunté si todo aquello estaba preparado. Celeste, que estaba situada frente a mí, llevó con suavidad mis manos a su cintura, y se aseguró de que la cogía con firmeza. Después, continuó con las suyas hasta rodear mi cuello, acariciando mis brazos en el ascenso. El tacto de su cuerpo, aun a través del vestido, me ardía en las manos. Yo ya conocía esa piel, pero no era capaz de recordarla. Y en ese momento, ya que la iluminación me lo permitió, me detuve en su mirada. Aquellos ojos, grandes, intensos, me miraban y casi me hablaban. Pero yo no podía oírlos. Se acercó a mí, de manera que la frente de su máscara quedó apoyada sobre los labios de la mía.

—Estás muy guapo... No esperaba verte aquí esta noche. De hecho, no esperaba volver a encontrarte.

—Yo... No sé qué decir. —Y era cierto—. Esto no me parece justo.

—Las cosas no siempre lo son. Y, a veces, tampoco las entendemos. Créeme.

Pudo ser mi sensación, pero parecía contener cierto rencor en sus palabras. Quizá no lo era, y se trataba de dolor. Un dolor olvidado, pero un dolor vivido, a fin de cuentas. Me embargaba una sensación que no sabría explicar. Aquella familiaridad al hablarme y todas las cosas que me decía me tenían muy descolocado.

—Tú también estás preciosa, Celeste. Aunque no pueda decirte mucho más.

—Es que no quiero que me digas nada más. Porque a Celeste no tienes que decirle nada. Y yo, ya no necesito escucharlo. Es curioso, no sabes todas las veces que he pensado en cómo sería volver a verte, qué sentiría al encontrarme contigo y estar frente a ti de nuevo, como lo estoy ahora. Al final, no ha sido como imaginé. Porque cuando te he visto, solo he deseado que volvieses a abrazarme.

—Celeste... Por favor, si no me dices quién eres, no puedo seguir con esto.

—Cierra los ojos.

—¡Pero si llevo una máscara!

—Por favor, cierra los ojos. Y no los abras... ¿Me das tu palabra?

—Por supuesto —suspiré, vencido—. No los abriré aunque no vuelva a ver nunca más.

Sentí sus manos quitándome la máscara. Y aunque la tentación era grande, no hubiese abierto los ojos bajo ningún concepto. Estaba nervioso, excitado, con la respiración agitada. Y fue en ese momento, al pasar sus manos cerca de mi cara libre de cualquier obstáculo, cuando pude olerla. Y aquel olor... me cautivó. Todo mi cuerpo reaccionó, porque yo ya había dormido entre unas sábanas que, en una ocasión, olieron igual. En mitad de mis pensamientos, unos labios, suaves y dulces como una golosina, me besaron. Fue un beso tan cariñoso, con tanto deseo contenido, que me dejó estático, incapaz de corresponder. Me quedé paralizado.

—Ya puedes abrir los ojos...

Yo los abrí rápido y ella no lo fue tanto en ponerse la máscara de nuevo. Al menos, tardó lo justo como para que viese su sonrisa. La sonrisa de Sofía es la sonrisa más bonita que he visto jamás. Cuando pienso en la sonrisa perfecta, es la suya la que viene a mi mente. Es imposible verla sonreír y no contagiarse. Alegre, fresca y divertida.

—No me puedo creer que seas tú... —dije con la mayor sinceridad y emoción que pude acumular.

—Hoy es una noche de sorpresas para ambos, por lo visto.

—Pero ¿cómo es posible? Hacía mucho que no nos veíamos y de pronto, aquí, que yo no pensaba ni venir. Y estaba a punto de marcharme cuando llegaste a mi lado.

—He venido acompañada... Y, desde luego, esto es lo último que esperaba encontrar esta noche.

Mis manos, casi temblorosas, subieron hasta su máscara y, con suavidad, se la quité. Ella agachó la cabeza para facilitar la tarea y, con mi mano derecha en su mentón, subí su rostro hacia mí. Estaba preciosa... El paso del tiempo, mi deseo de volver a verla, o una mezcla de ambas cosas, quizá, pero estaba realmente bella. Sus ojos, emocionados, brillaban por la alegría desbordada del momento. Una lágrima cayó de los míos, casi a la vez que lo hizo de los suyos. No pudimos reprimir más tiempo un abrazo, casi urgente. La agarraba tan fuerte como ella a mí. Teníamos mucho que decirnos. Nos separamos, no sin esfuerzo, y nos miramos fijamente, fue el momento justo para un beso interminable. No quería besarla, quería comérmela allí mismo. Mis labios se encontraban con los suyos, al tiempo que nuestras lenguas se rozaban y hacían saltar chispas, como dos cables de corriente chocando descontrolados. Las máscaras cayeron al suelo, nuestros cuerpos se buscaron y nuestras manos se encontraron.

—Para... Aquí no, no podemos... —me dijo en un momento de sensatez.

Nuestra respiración, agitada, colapsaba el resto de nuestros sentidos. Miré a los lados como pude, emborrachado por aquella pasión, y, por fin, vi una puerta a medio abrir. Me agaché, recogí las máscaras y esta vez fui yo quien cogió su mano y tiró de ella. Tras cruzarla, había una estancia más pequeña que las otras, con sofás corridos a ambos lados, de cuero burdeos. Y en el centro de la sala, un gran piano de cola negro. Caminamos y la senté sobre él, colocándome de pie, entre sus piernas. Mis manos recorrieron su cuerpo hasta llegar a sus pechos, donde no me fue difícil liberarlos de la delicada tela.

—Me muero por sentirte... —me dijo saboreando las palabras.

Y es exactamente lo que pretendía. La miraba sin ningún tipo de disimulo. Quería que ella viese en mis ojos el efecto que producía en mí, rozando la devoción, como si estuviese ante una aparición divina. Sus pechos quedaron al descubierto, aunque parecían sujetos por una fuerza invisible. No se movieron. Nunca la naturaleza había desafiado con tanta perfección a la gravedad. Su tacto revelaba que allí no había nada artificial. Mi boca se perdió en su cuello y un suspiro suyo, que me atravesó de lado a lado, me permitió reconocer lo que estaba sonando en la fiesta. *Bitter Sweet Symphony* de The Verve llegó en un momento inmejorable. Recorrí el camino que me llevaba hasta sus tetas y mi lengua alternaba entre la suya y sus pezones. Cada vez, buscaba un mayor contacto con ella, me acercaba con sus manos en mi culo, que tiraban de mí. Trabajamos en equipo para calmar nuestra desesperación. Mi mano derecha subió por sus piernas. Acaricié aquel muslo, suave y torneado, hasta encontrarme con el triángulo empapado de su diminuta prenda. Un guardián demasiado pequeño para la custodia de un tesoro tan valioso. Llevé mi mano hacia detrás de su cintura y, mirándola a los ojos, entendió que debía levantarse un poco para ayudarme. El lenguaje universal, sin duda, es el deseo. Se las bajé..., muy despacio. Hay algo hipnótico para mí en ese instante. Puedo estar delante de una mujer casi desnuda. Incluso, podemos estar follando mientras lleve la ropa interior puesta. Pero todo cambia cuando, por fin, le quito la última prenda. Ese instante en el que va resbalando por sus piernas, siendo cada vez más mía y menos suya.

Las dejé colgando de su tobillo izquierdo, no encontré un perchero más adecuado. Era un tanga negro, muy fino, con la parte delantera en gasa. Habría sido precioso vérselo puesto, pero para eso ya era tarde. Y mis rodillas habían emprendido el viaje hacia el suelo. Me sorprendió lo cómodo que estaba arrodillado ante ella. Pero no me sorprendió el gemido incontrolable que salió de mí cuando le di el primer mordisco en su muslo derecho. Su piel, su olor, todo me excitaba en Sofía. La miré a los ojos, y tuve la suerte de que me sonreía. Daban ganas de comérsela, a ella y a su sonrisa. El primer lametazo recorrió sus labios, abiertos y húmedos. Su sabor saturó de inmediato mis papilas gustativas. Incluso me dio por pensar que el tanga que llevaba era de azúcar. Mi lengua chocó con su clítoris y sus dedos se enterraron entre mi pelo, como los míos en su coño. Estaba tan mojada que no supe si era yo quien se los metía o ella quien los absorbía. Estaba guapísima así, tan excitada, ligeramente colorada, con su piel brillante por la leve transpiración. Continué lamiendo, haciendo círculos con la punta de mi lengua. La sensación era como la de chupar una pila, todo era eléctrico. Bebí de ella para calmar la sed de tantos años. Y, por suerte, era generosa empapando mi cara cada vez más. Mi lengua se metió en su interior, para hincharse como una esponja al contacto con el agua. Ella empujó mi nuca y yo cedí, sin ninguna resistencia. Disfrutaba demasiado admirando cómo se retorcía de placer.

—Fóllame… Fóllame ya.

Sofía y yo no habíamos llegado a este punto. Nunca lo hicimos, de manera literal. Ese, quizá, sea el mayor secreto de esta historia. Y ambos teníamos claro que sería allí, esa noche y en ese momento, cuando todas las cuentas quedarían debidamente saldadas. Me puse de nuevo de pie y cuatro manos chocaron y forcejearon con mi cinturón y el resto de los cierres de mi pantalón. Nos besamos. Nos besamos tanto que por un momento pareció que solo queríamos hacer eso. Por fin conseguí desnudarme y observé cómo lamía toda la palma de su mano. Acto seguido, noté como si una nube envolviese mi polla. Comenzó una masturbación lenta, muy suave, que no hizo sino excitarme aún más. Mi dureza era preocupante, y mi deseo de penetrarla, todavía más. Estábamos tan cerca que no quería que nada se interpusiera de nuevo. Me fui clavando en su interior de un modo que parecía no tener límite ni final. Recuerdo pocas penetraciones tan intensas...

Ella gritó dentro de mi boca y eso me encendió todavía más. Ambos éramos conscientes de dónde estábamos, aunque por un momento lo habíamos olvidado. Sabíamos, muy a nuestro pesar, que no podía durar tanto como deseábamos, que no podríamos hacer todo. Pero también teníamos claro que íbamos a aprovecharlo sin límite. Sofía se transformó. Llegué tan dentro de ella que el choque de su clítoris con mi pubis parecía dejarme la marca de un hierro candente. «Estoy marcado para siempre por ella», pensé.

—Llevo tanto deseando esto, que ya no sé ni cómo lo imaginaba.

—Pues no imagines nada y dame más. ¡Dame más! —me dijo, agitada.

—Me encanta estar dentro de ti...

El diálogo no se interrumpe pero las palabras son sustituidas por jadeos que van en aumento. Tanto en frecuencia como en intensidad. Me acaricia el pecho y, sin esperarlo, tira de la camisa y me arranca tres botones, dejando la prenda inservible y mi torso al descubierto. Sus uñas lo recorren y se clavan con rabia encendida.

—Qué cachonda me has puesto siempre. Siempre...

«Y tú a mí. Siempre. Todo lo que me digas, tú a mí, mil veces más, Sofía». No se lo digo, lo pienso y lo siento. Con cierta brusquedad, la hago bajar y le doy la vuelta, apoyando sus manos contra la tapa del piano. Subir su vestido hasta su cintura, sus tetas descubiertas y mi polla apoyada contra su culo, duro, esculpido en mármol, casi precipitan mi orgasmo. Solo la posibilidad de follármela en esa postura me ayuda a sacar fuerzas de donde no las hay. *Every breath you take* de Police suena de fondo y no lo desaprovechamos. Vuelvo a penetrar su coño y el ritmo es vertiginoso. Su cabeza gira por encima de su hombro para buscar mi boca. Mis manos se clavan en su culo y las suyas, que parecen arañar el piano, le sirven de apoyo, lo cual facilita un balanceo delicioso de sus pechos. Noto que el corazón me va a mil por hora, la sangre me recorre todo el cuerpo y me da la sensación de que se ha salido de algún modo, porque me noto empapado. Pero me doy cuenta de que es ella. Un orgasmo violento sacude su cuerpo y encharca su entrepierna. Gotea, demasiado, lo que facilita y lubrica que mis penetraciones sean más duras y constantes.

—Córrete dentro de mí. Lo necesito. Ahora y siempre...

Y aquello, más que palabras, parece un conjuro mágico que toma posesión de mi cuerpo. Noto que se aproxima, con tanta intensidad que me da hasta miedo. Doy un manotazo casi desesperado sobre el piano y es su mano la que ahora agarra la mía. Estamos gimiendo, estamos gritando, mientras mi semen la inunda por completo. Dos y hasta tres oleadas me sacuden, no puedo frenar las contracciones y mi pelvis se mueve por inercia, no consigo detenerla. No puedo parar, necesito más, que dure más, que salga más. Ella nota mi estado animal y me calma. Su mano me acaricia, sus labios me susurran...

—Tranquilo... Despacio. Ve más despacio.
—No puedo... No puedo.
—Sh... Cálmate. Bésame.

No me salen las palabras. Al igual que un autómata, hago, sin ser consciente. Ella y el placer que me ofrece son quienes controlan mi voluntad. Mecido por sus palabras, voy aflojando un ritmo que parecía imposible detener e intento recuperar cierta serenidad. Hiperventilar de esa manera comienza a nublarme levemente la vista y mis escasos reflejos para lo único que me sirven es para dar unos pasos hasta uno de los sillones, donde, más que sentarme, caigo por mi propio peso. Apoyo la cabeza hacia atrás, respiro hondo, pero todo el aire de aquella sala parece insuficiente. De pronto, algo me pasa. Una sensación nueva me invade por completo y mi saturado cuerpo apenas reacciona. Solo puedo sonreír y respirar. No sé qué música suena fuera, estoy aturdido. Pero haciendo un leve esfuerzo, recupero cierto control y lo que veo se queda grabado en mi retina. La boca de Sofía envuelve mi polla en su totalidad y la recorre de arriba abajo. Mi dureza continua igual que antes, no ha disminuido. Necesito que pare, pero no soy capaz de decírselo. Ahora sí que no me salen las palabras. La simple visión que tengo ante mí, la boca más perfecta que jamás he visto, succionando con esa destreza, precipita un segundo orgasmo. Me corro. O me muero. No lo sé. Pero, al menos, no estoy solo en ambas. Durante mi eyaculación, que parece un manantial inagotable, se la saca, sonríe, se pone en pie y se la clava de nuevo. Esta mujer me quiere matar.

—Te he dicho que ahora y siempre...

Vuelvo a no contestar porque me es imposible. Sofía me sigue follando y yo no entiendo cómo es posible tal cosa. Me besa y la unión de los sabores es infinita. Todos los suyos. Todos los míos. Se mezclan para volverse uno único. El ritmo es lento, conciliador después de semejante batalla. Hasta que la calma vuelve a nuestros cuerpos. Nos sonreímos, es una mezcla de muchas sensaciones.

—Qué locura... —me susurra.

—No haberlo hecho antes, querrás decir. Sofía, esto ha sido... increíble.

—Nosotros lo somos.

Una vez pasada la acción, la toma de conciencia con la realidad siempre es el peor episodio. Miramos a nuestro alrededor y aquello no tenía justificación. Más allá de que la suerte estaba claramente de nuestra parte, porque todo hubiese ocurrido sin interrupción ni sorpresa. No sabía cuánto llevábamos allí, ni qué año era, confuso por la música. Solo sabía que no quería separarme de ella. Después de tanto tiempo, todas aquellas sensaciones, estaba en el paraíso. Ella consiguió adecentarse con más éxito que yo.

—Perdona lo de la camisa, me dejé llevar —me dijo mientras sonreía.

—Ojalá me rompas todas las camisas que tengo de la misma manera.

—Bueno, ¿qué va a pasar ahora?

—Por lo pronto, yo necesito algo de beber. O entonces sí que me moriré ante ti y no de placer, como hace un momento.

Intentamos recuperar cierta normalidad y volver al exterior. Tal y como estaban fuera el resto de invitados, tampoco nos costó mucho pasar desapercibidos, por suerte. Buscamos un rincón apartado y nos sentamos para poder hablar con tranquilidad.

—Cuéntame, ¿cómo es que has venido esta noche? —me preguntó Sofía.

—Pues es algo raro... Una amiga mía fue la que me dio la invitación. Y no, ella no ha venido.

—¿No ha venido o tú no la has traído?

—Pues... Esa es una buena pregunta.

—Desde luego... —Sofía negaba con la cabeza y sonreía—, no cambias nunca, no.

—No, claro que no cambio. ¿Por qué debería cambiar? Soy como soy. Es lo que soy. Y me gusta, esa es la verdad.

—Al menos, no lo ocultas. Eso está claro.

—Sofía, ¿por qué cuando me hablas hay dolor en tus palabras? ¿O es rencor?

—No... Nada de eso. Lo hubo, sí. Fue eso y más cosas. Yo no entendí lo que pasó y te odié mucho. Te culpaba y responsabilizaba, porque me pillé mucho por ti.

—Pero, yo...

—Lo sé —me interrumpió—, sé que me vas a decir que no hiciste nada. Y así fue, pero yo, en aquel momento, no conseguí verlo así. Para mí, eras el malo porque me resultaba más sencillo. Tú siempre has tenido todo muy claro. Y yo, buscando algo que tú no querías darme, me quedé sin vivir esta experiencia, por ejemplo. Inoportuna, desde luego.

—¿Por qué lo dices? —le pregunté algo confuso.

—Te dije antes que había venido acompañada... Esta fiesta es de la empresa en la que trabajo para los clientes de Madrid. Y yo he venido con mi novio.

—Vaya...

—Lo sé. Todo esto es una locura. ¿Y qué no lo es estando tú? —Me acarició la mejilla.

—Sofía, ¿por qué ha pasado esto? Sabes que yo jamás habría hecho nada. Y mucho menos estando acompañada.

—Por qué, no. Por quién. Y la respuesta es muy

fácil: por mí. Yo no puedo vivir imaginando esto. Estoy bien en mi relación, estable y contenta, pero también algo equivocada. Arrancan y te dejas llevar pero, en realidad, no tengo claro que sirvamos para esto. Y no digas nada, sé cómo piensas.

—No diré nada. Me encanta lo que me cuentas y más aún lo que ha ocurrido. Solo quiero que seas feliz, de verdad. —Le cogí la mano con disimulo.

—Eso es más fácil decirlo que hacerlo. Es la primera vez que hago esto, y sí, lógicamente, ahora pesa todo un poco más. Y me ha encantado tenerte por fin.

Quería abrazarla y besarla, pero no podía. Solo me quedaba mirarla, admirarla, más bien, y desearla. No dejaba de repasar lo ocurrido con cierta nostalgia, pero quién sabía lo que podía ocurrir en el futuro. Ambos teníamos claro que era el momento de terminar aquello. Nos quedamos sentados, en silencio, unos segundos más, asimilando y entendiendo, no solo lo que acababa de ocurrir, sino lo que vendría después. Cogí su mano y le di un beso, el más cariñoso de esa noche.

—Desde luego, ha sido increíble.

—Nosotros lo somos… —volvió a repetir ella.

Y tenía razón. Porque esa noche, aun sin máscaras, habíamos sido quienes realmente quisimos ser.

***

Salí de la fiesta y caminé en la dirección que me pareció correcta. Mi mente iba como un fórmula uno a punto de precipitarse en una curva. Patricia, Sofía, Elena, Daniela, ella... Todas. Mi cabeza se llenaba de imágenes, todas las mujeres de mi vida aparecían una detrás de otra. Para decirme que me odiaban. O que me amaban. Que nunca me habían recordado o que jamás me habían olvidado.

Me puse los auriculares y traté de buscar en la música lo que no encontraba en el silencio. Pero dado mi estado de ánimo, pasaba de una a otra canción. Apenas unos segundos y saltaba a la siguiente. *Time after time* de Cyndi Lauper. Una y otra vez, eso pensaba, como el título de la canción. Crucé una avenida, decidiendo si cogía el metro o quizá un taxi para llegar hasta casa. Y de pronto, me paré en seco. Inmóvil por completo. Una corazonada es una suma de datos procesados demasiado rápido para la mente consciente. Y eso es lo que me acababa de ocurrir a mí. Sin tener muy claro aún aquello, abrí WhatsApp y me fui a la C. No lo busqué con todas sus letras, con temor a pinchar la burbuja. A despertar del sueño. Y allí estaba... Cyndi Lauper. Me sudaban las manos y me las limpié en el pantalón. Abrí la conversación y escribí.

Cactus...

El tiempo parecía caer con un cuentagotas. Una lentitud insoportable. Cyndi Lauper apareció en línea y, pocos segundos después, escribió.

**Cuatro días...
Por los pelos.**

No me lo podía creer.

¿HAS TERMINADO?

SÁBADO

Esa noche, pese a todo, me costó conciliar el sueño. No dejaba de pensar en un millón de cosas, iba de una a otra sin control. ¿Sería recíproco? ¿Nos entenderíamos? ¿Besaría bien? Es más: ¿nos besaríamos? Nada estaba claro, salvo que aquella chica me hacía perder la cabeza sin medida. Pretendía pasar el día con ella y mi idea, o la intención, al menos, era compartir el mayor número posible de cosas que me gustasen a mí y poder ver nuestro grado de afinidad. Comprobar cuántos gustos teníamos en común. La atracción y el deseo estaban y eran muy evidentes. Pero yo había sentido más. Mucho más. Me negaba a que fuese un encuentro como cualquier otro, y toda esa información, sus reacciones y conocerla con mayor profundidad me ayudarían mucho.

I'd Rather Go Blind de Etta James hacía más llevadero el sofocante calor mientras paseaba hasta el restaurante. Reconozco que soy bastante maniático con muchas cosas. Y, también, tengo ciertas costumbres muy marcadas. Cuando me daba por una receta determinada o un tipo de cocina concreto, comenzaba una búsqueda incansable hasta encontrar el lugar de referencia. Aquel en el que no solo lo hiciesen mejor, sino que, además, se diferenciase del resto.

Había reservado para comer con ella en el lugar en el que preparaban los mejores *takoyaki* de la ciudad. Era un sitio tranquilo y acogedor, con una estética y decoración simulando una calle de Tokio. Incluso, las mesas tenían forma de puesto de comida ambulante. Otro de los platos recomendables eran los *bao*, unos esponjosos y suaves panes, cocidos al vapor, rellenos con diferentes ingredientes y que conseguían una mezcla de sabores y texturas fascinantes.

Entré al establecimiento y esperé unos segundos a que mis ojos se acostumbraran a la oscuridad, en contraste con el exterior. Una señorita vino a preguntarme cuántos seríamos y le dije que había reservado para dos. Me acomodé y miré en ambas direcciones, tampoco había mucha gente, era algo pronto todavía. Pero no estaba solo, unas mesas a la derecha había una pareja. Miré a la chica y nos cruzamos una sonrisa amable de cortesía. No parecían tener una conversación muy fluida. O más bien, ella no parecía conectar mucho. Me llegó un mensaje en ese momento.

Eres un capullo, tío.
Odio que me dejes sola...

Aquel reproche era habitual, y en Elena, aún más.

Hola, eh.
Qué agradable recibir un mensaje tuyo...

Bah. Que te den. Paso de ti.

A ver, Elena, ¿cuándo me he quedado a dormir?
Es más: ¿cuándo has dormido conmigo?
Sabes que eso no me gusta.
Me quedo lo suficiente para saber
que estás bien y me voy.
Yo necesito dormir solo.

Claro, tú necesitas dormir solo.
Tú necesitas estar solo.
Tú estás mejor solo...
Todo eso ya lo he oído más veces.

       Vaya, veo que no te has despertado muy bien...

¿Solo o sin mí? Ya no lo sé.

    Elena parecía más disgustada de lo habitual.

           ¿Me puedes decir qué te pasa?
         Cuatro días después, me vienes con esto.

Nada, tío, que me rallo.
O sea, estamos guay y es en plan como
que algo no va de pronto.
¿Por qué eres así?

              ¿Por qué soy así?
          ¿Qué clase de pregunta es esa?
         Cada persona es como es, Elena.
            Yo soy de una manera
         y es lo que me da identidad,
al igual que te la da a ti tu personalidad.

¿HAS TERMINADO?

>Si nos amoldamos a todas las personas,
en realidad, nos estaríamos
deformando a nosotros mismos.
Sabes de sobra que yo no creo en esas
adaptaciones ni sacrificios, tenemos que ser y
vivir acorde a como realmente somos.
¿Qué te pasa?

Que te echo de menos, tío, yo qué sé.
Estás conmigo y es increíble todo.
Luego, te vas y yo tardo en reaccionar.
Sé que esto es lo que quiero contigo,
pero no puedo evitar sentirme rara a veces…

>Creo que te has despertado
un poco nostálgica,
no le des más vueltas.
Y no te enfades conmigo,
que no he hecho nada.

¿Sabes con qué me corro últimamente?
Recordando cómo me corro contigo…
Estoy enganchada a ti y me gusta,
pero sé que eres un cabrón.
Y eso me agobia un poco.

> Oye... Soy yo, te recuerdo.
> Creo que nos conocemos muy bien.

**No, joder, te lo digo en serio,
es que estoy rara. El otro día traje a un tío
a casa que me ponía mogollón.
Y resulta que me ponía porque
me recordaba un poco a ti,
pero no eras tú ni tampoco
se parecía demasiado a ti en realidad.
Se la chupé y no me molaba.
Le dije que quería vendarle los ojos,
para hacerlo en plan más especial.
Y lo que hice fue ponerme en el suelo
el móvil con el vídeo que grabamos
de nuestra mamada en la cocina...**

No pude evitar sonreír por la ocurrencia que acababa de leer. Y, quizá, ligeramente envanecido, no lo voy a negar.

> Elena, mi amor,
> ¿qué esperas leer en esta conversación?

Nada... Que me quieres, con eso me vale.

Yo sabía que no era cierto. Antes o después, en ese peligroso juego de la «patata caliente» se terminan quemando. Al principio no, «nunca», «yo no», «eso son otras», «yo lo tengo todo muy claro», y la interminable retahíla de frases que siempre he escuchado. Diría que he conocido a lo largo de mi vida a pocas personas que piensen como yo. Pero estaría mintiendo, porque creo que no he conocido a ninguna. Rocío, una chica con la que comparto un amor increíble, siempre me lo dijo. «Te quedarás solo, porque nadie busca lo que tú». Era una posibilidad, un riesgo. Y quizá, un alto precio que pagar. Pero, a mi modo de ver, un justiprecio, después de todo.

Sabes que eso, te lo diga o no, siempre es así, Elena.

Ya... Bueno, ¿me vas a contar lo que me perdí? ¿Te follaste a Cintia después, cerdo?

Pues no, la verdad es que no. Después de que desfallecieras, me vi obligado a hacer de anfitrión con la pobre. Así que la invité a cenar, le hice un poco de compañía y estuvimos hablando un ratito...

Dios, es que te odio,
¡cómo eres tan hijo de puta!

                          Pero ¡qué he hecho ahora!
                    Encima que me ocupé de tu invitada…

Te has encargado de ponerla perra,
te conozco muy bien.
A ti y a tus «compañía» y «hablando» y «un ratito».
Te la vas a follar viva, no me mientas.

                              No te estoy mintiendo…
                      Además, me has dicho que si lo
              había hecho y te he dicho que no.
           En pasado, no en futuro. Bueno, te
                         dejo que voy a comer.
                                     Un besito.

¡El coño me vas a comer!
Te odio. ¡Gilipollas!

                      A veces temo que estés poseída.
                                    Te quiero.

    Respondí intercambiando esta vez los papeles.

***

Me quité los auriculares y los enrollé antes de guardarlos. Me froté las manos y dirigí mi mirada hacia la entrada. Casi me muero. ¿Qué me pasaba? Yo sí que estaba poseído. Mirando hacia mí, sin decir nada. No supe cuánto llevaría allí. Llevaba un vestido de gasa, color beis, con un cinturón que dibujaba de manera exquisita su silueta. Una tela que parecía transparentarse a la luz me hacía dudar de lo que llevaba debajo. Pero me pareció que nada. El pelo suelto, secado al sol, brillaba, aun a la sombra. Me puse de pie, mientras ella caminaba hasta la mesa. Se acercó a mí y me besó. Creo que fue de las pocas veces en mi vida que me he tocado la mejilla después de un beso, esperando encontrar algo que me hiciese entender que había sido real. Aquel beso me recorrió el cuerpo entero. Olía a violetas, era delicioso. No reaccioné hasta que la ayudé con su silla.

—Qué caballeroso…
—Son malos tiempos para nosotros. Ya no tenemos justas, duelos o actos que requieran de tanta caballerosidad. Menos mal que aún quedan damiselas en apuros a las que ayudar.
—El problema es que tú tienes pinta de ser el apu-

ro... —me dijo sonriendo, muy segura de sus palabras.

—Pero, por favor, ¡cómo puedes pensar tal cosa de mí! Yo soy un corderito inocente. Desvalido. —Fingí fragilidad.

—Se te ve, sí... —dijo ella mirándome de arriba abajo. Por todos sitios y sin ningún disimulo.

—¿Has terminado? —le dije sin perder la sonrisa.

—Ni he empezado... —me contestó ella, reviviendo nuestro primer encuentro.

Ambos reímos y me senté algo más relajado sabiendo que había cierta reciprocidad; no estaba loco del todo, menos mal.

—Bueno, qué me cuentas de ti... —Alargué el final.

—Gema. Me llamo Gema.

—Gema... Lógico —repetí para mí— créeme que jamás olvidaré ese nombre. Me ha traído de cabeza.

Y era cierto. Días y días pensando en cómo se llamaría y era evidente. Estaba ante una piedra preciosa demasiado bien tallada, cuyo brillo no dejaba de cegarme.

—Ya puedes dormir tranquilo.

—Si durmiese, lo haría. Pero, últimamente, las noches son demasiado cortas.

—Me imagino. Estás en ese dilema tan duro entre vivir todo lo que surge o dormir, sin más.

—Pues..., algo así. Con matices, pero se podría decir. Esta semana, muchas cosas me han quitado el sueño.

—Cosas, chicas. ¿No? —apostilló ella—. Tiene pinta de que haya pasado eso.

—Alguna. Desde luego, tú la que más.

—Uy, sí... —Se atusó la melena como si estuviera muy halagada.

—Bueno, ¿tienes hambre?

—A pesar de la hora —ella miró su reloj—, lo cierto es que sí.

—¿Y comes de todo? —sonreí al hacerle la pregunta. Y aseguro que fue totalmente involuntario. Hasta ella lo notó.

—Tú y tu subconsciente sois un peligro. Juntos, ¡y por separado! Qué locura. Sí, como de todo. Y como muy bien.

Los dos reímos porque el clima entre nosotros era cada vez mejor. Más cómplice y natural. Cogí la carta y la abrí.

—¿Confías en mí?

—¿Una frase de Aladdin? Vas a tener que hacerlo mejor, jovencito.

—Vaya, no me digas que eres una cinéfila empedernida.

—Te lo digo, sí. Y veo que tú también, o eso parece. Ya lo comprobaremos. Pero sí, me fío de ti. Pide lo que quieras...

Cruzamos y aguantamos la mirada. Sin embargo, no hizo matización alguna, lo cual me gustó aún más. Diría, incluso, que fue el primer momento en el que realmente empezó a excitarme aquella situación. Pedí la comida y seguimos hablando mientras esperábamos. Yo estaba bebiendo agua con gas, mientras que ella había pedido vino blanco.

—Creo que este puede ser un día perfectamente raro... —dijo mientras le daba vueltas a su copa.

—Brindemos por eso.

—¿Con agua? Sabes que eso trae mala suerte —me dijo señalando mi vaso.

—Puede, pero no la necesito. Ya estás aquí sentada...

—Qué peligro... —sentenció negando con la cabeza.

Por suerte, acerté con los platos que había pedido y le gustaron mucho. Nunca tomaba el postre allí, no había conseguido que me sorprendiese ninguno. Y le propuse ir a otro sitio.

—Claro... Tú propones eso, con toda la inocencia del mundo. Salimos a la calle, hace un calor infernal, y sugieres ir a tu casa, que de pronto es una opción maravillosa. Supervivencia, casi —me dijo como si lo tuviese todo calculado.

—Pero... ¿Eso lo tenías tú en mente? Porque yo te aseguro que no había pensado en algo así. ¡Ni de lejos! Pero tienes iniciativa, me gusta.

—¡Eres un canalla! —Se echó a reír—. No vayas de santo conmigo. En sotana no estarás tan apetecible, créeme.

—Gema, ¡esa lengua! —Me hice el ofendido.

—¿Demasiado afilada para ti?

—Soy como un faquir, querida. No me cortarás, tranquila. Déjame que pague y discutimos esto fuera.

—Esto ya está pagado, devorador de fuego —se burló por lo del faquir—, cuando he ido al baño antes.

—¿Cómo? ¿Y por qué?

—Porque quiero. Tú me invitas a la siguiente, si consigues que la haya, claro.

—Bueno, pues vámonos.

—¡¿Adónde?! —insistió ella.

—¡No lo sé, Gema! —me defendí como pude—. Vamos fuera y lo decidimos.

El almuerzo había sido ameno y, por tanto, extenso. Cuando salimos a la calle, en efecto, el calor era insoportable. Ella me miró y yo me aguanté la sonrisa. Con total sinceridad, no había planeado nada. El problema fue que su exposición previa me pareció la mejor idea de todas las que yo había barajado mentalmente. Y lo notó en mis ojos.

—No me puedo fiar de ti...

—Gema, si quieres, me arrodillo aquí mismo. Te doy mi palabra de que yo no lo tenía previsto, ni planeado. Pretendía que diésemos un paseo y tomar algo. Pero es cierto que no había previsto esto. Pensaba en otras cosas.

—A saber en qué cosas pensabas tú. Te libras porque esto es insoportable, si no... ¡Te tengo caminando por la ciudad lo que queda del día! En fin. Tú dirás cómo hacemos.

Ninguno conducíamos. Preferimos coger un taxi, ya que no estábamos muy lejos, pero el calor era en verdad insoportable. La mayor temperatura de esa semana.

Llegamos y subimos hasta mi casa. Abrí y dejé que pasase delante. Al llegar a una esquina, se descalzó y me nublé.

—No te importa, ¿verdad? —me preguntó precavida—, es una manía que tengo y lo hago siempre que puedo; odio estar calzada dentro de una casa.

—No, por favor. Lo que necesites...

Veía aquellos pequeños pies recorriendo el suelo, con el anillo plateado que aún llevaba, y me encendía por segundos. Entré tras ella en el salón y me encantó ver cómo iba de un lado a otro curioseando. Libros, películas, objetos de decoración, todo. Hasta pasó la mano por el sofá acariciándolo para averiguar de qué tejido era por el tacto. Me miraba, sonreía y seguía en silencio. Yo me sentía como si estuviese pasando un examen.

—Esta casa tiene mucho de ti...

—¿Cómo lo sabes? Apenas nos conocemos.

—Intuición. Sumada a la intuición femenina.

—¿Otro superpoder? No dejas de sorprenderme, la verdad.

—Los colores, la decoración y disposición es de alguien con mucha personalidad. Maniático, perfeccionista y solitario. Muy solitario. ¿Cuántas personas han dormido en esta casa? Dime la verdad, sin trucos ni juegos de palabras... —Me miraba de un modo amable y comprensivo, no había un solo ápice de reproche en sus palabras.

—Nadie. Nunca ha dormido nadie...

—Lo sabía. Cuando nos conocimos sentí muchas cosas de ti. Y una de ellas fue esa gran soledad. Las personas, a veces, lo confunden. Y piensan que estar solo es igual que estar marginado. Cuando no es así en absoluto. Hay un tipo de persona que disfruta de esa soledad, la busca y necesita, no la teme en absoluto.

Yo escuchaba sus palabras con toda mi atención. Me tenía fascinado que me hubiese hecho un análisis tan acertado. Y eso me llevó a una pregunta.

—Gema, en el metro, ¿cuándo te fijaste en mí?

—Desde que te subiste en el vagón. Es innegable que llamas la atención físicamente, pero me gustó mucho tu mirada. Y me encantó cómo estabas perdido en tu universo particular. Te observé con atención, nada te distraía, era como si estuvieses solo. Hasta que, de pronto, lo hizo mi pie...

Yo agaché la mirada en un acto reflejo del todo involuntario.

—No tienes que avergonzarte en absoluto. No sé aún qué opinión o impresión tienes de mí, pero no soy una monja, tranquilo. Sé lo que noté y lo que nos ha traído hoy aquí. Las cosas, aunque parezcan accidentales o casuales, no lo son tanto en realidad. Estoy aquí porque te gusto. Pero, también, porque me gustas tú.

Respiré hondo antes de hablar.

—Quizá no me creas, Gema. Pero no es fácil dejarme sin palabras. Y tú lo acabas de hacer. He pensado tanto en ti, en cómo sería esto, que ni me he planteado qué pasaría después. Tan preocupado y ocupado en averiguar tu identidad, que pasé por alto todo lo demás. Y, ahora, me has dejado un poco descolocado.

—¿Te has disgustado? Pensé que era lo que querías...

—Y así es —me apresuré en contestar—, no me malinterpretes. Estoy desbordado ahora mismo. Muy feliz. Pero, también, tengo dudas. Y pensé que esto sería más complejo, no lo sé.

—Esta casa tiene mucho de ti... Enséñame tu mayor secreto.

Nos miramos en silencio, mientras yo valoraba todas las posibles situaciones y consecuencias. No quería tener ningún secreto para ella. Si eso quebraba el resto, lo aceptaría. Me acerqué a la mesa, dejé las cosas que llevaba en los bolsillos sobre ella y saqué mi móvil. La armónica de Supertramp en *School* rompió el denso silencio que había entre nosotros.

—Ven conmigo... —Le tendí la mano.

Ella la agarró con delicadeza y comenzamos a caminar. Fui directo a mi habitación. Si antes lo había mirado todo, ahora le faltaban ojos. Me senté en la cama mientras ella iba de un lado a otro. Hasta que se centró en mí, como preguntando qué hacíamos allí.

—Dale a ese botón.

No me decía nada. Se la notaba nerviosa, expectante. Y todo ese misterio en su rostro se fue desvaneciendo al tiempo que lo hacía su reflejo en el espejo, que se fue volviendo transparente. Tras él, se podía ver mi ducha, que siempre quedaba iluminada con una luz de cortesía. Su respiración se agitó mientras miraba de izquierda a derecha.

—Eres un canalla... —Jamás olvidaré la sonrisa con la que lo dijo—. ¿Desde aquí nos miras?

Me encantó que, consciente o inconscientemente, ella se incluyese también entre las chicas que yo pudiese ver al otro lado.

—Así es... Me pierde esa sensación. Pero te aclaro algo: aquí solo se han duchado aquellas con las que la confianza y la intimidad es muy elevada. Y esto no lo oculto, aunque tampoco lo enseño a la primera.

Ella seguía sin decir nada, me hubiese encantado saber en qué pensaba. Pero decidí ver hasta dónde podía estirar la cuerda.

—Gema...

—¿Hmm? —me respondió sin ni siquiera mirarme.

—¿Llevas algo bajo ese vestido?

—¿Te ha parecido que lleve algo? —contestó sin volverse aún.

—No, la verdad es que no. Por eso te lo pregunto.

—Pues... No me lo preguntes.

¿Qué coño era eso? Si me estaba invitando a comprobarlo, o era literal que no preguntase nada, no lo sabía. Me desconcertaba. Me provocaba e intrigaba mucho, lo cual prendía mi mecha cada vez más. Pero me imponía en cierto modo, así que tampoco me lanzaba a ella.

—¿No me vas a ofrecer nada de beber? —Se dio por fin la vuelta. Seguía siendo preciosa.

—Por favor, dónde están mis modales. ¿Qué quieres?

—Algo raro, como tú... Sorpréndeme.

—Estás en tu casa. Ahora vuelvo —dije poniéndome en pie de nuevo.

Me fui a la cocina. Ya que Gema había resultado ser una gran cinéfila, pensaba ponerla a prueba. Usando el vodka que le había servido a Daniela días atrás, añadiendo licor de café, crema de leche y hielo picado, preparé dos vasos de White Russian. Ese cóctel se popularizó mucho gracias a una película de los años noventa. Cogí ambos vasos y escuché el comienzo de *In the air tonight* de Phil Collins. Al llegar al salón, Gema me esperaba en el sofá, mirándome con atención. Llegué hasta ella y casi se me cayó todo. Hasta el alma. No, Gema no llevaba nada bajo su vestido. Un coño perfecto, de labios gruesos y totalmente depilado, a excepción de un sencillo mechón muy natural en su pubis, quedó expuesto a mis ojos. De los mayores actos de autocontrol que he llevado a cabo en mi vida. Yo lo vi, y ella vio que lo había visto. O, quizá, me lo había enseñado. Con ella no se sabía realmente. Pero no dije nada al respecto y me senté a su lado.

—Aquí tienes...

—¿White Russian? Oh... Juegas con mis sentimientos.

—Pues sí, estás aprobada como cinéfila. ¡Enhorabuena! Brindemos.

—¿Y por qué lo hacemos? —Ella sostenía su vaso cerca del mío, esperando.

—Por contar estrellas, deshojar margaritas, por ti... Por sorprenderse, por ver lo inesperado o no esperar lo que se ve. Brindemos, y que el futuro decida por qué lo hacemos.

—Me has convencido...

Y chocamos ambos vidrios con suavidad.

—Mmm... Tienes buena mano —lo dejó en la mesa tras dar un pequeño trago—, y dime, ¿te gusta lo que ves?

Hubiese jurado escuchar en la lejanía tambores del viejo mundo que anunciaban la guerra. Así comenzaba la que, claramente, iba a ser una batalla inolvidable. Me sentí magnéticamente atraído por ella.

—Me gusta demasiado…

Me acerqué a ella, que aprovechó para beber de mi vaso. Tragó y se pasó la lengua por los labios. Mi dedo subió hasta esos labios, que se abrieron levemente. Y como si fuese la superficie de un helado, recorrí aquel trozo visible de lengua, con tantos sabores para mí. El primer beso con Gema no lo puedo explicar. No en esta vida, ni con palabras. En un futuro, tras varias reencarnaciones, si es que son reales, quizá la humanidad haya desarrollado nuevas formas de comunicarnos y, de todas ellas, alguna me lo permita. Nuestros labios se juntaron al tiempo que mis ojos se cerraban. Mi cuerpo se movía por iniciativa propia, pero yo no fui consciente de lo que hacía. No hubo florituras desmedidas, fue un beso suave, dulce, cálido y cariñoso. Fue el beso de dos amantes, del amor de mi vida, de mi alma gemela. Fue el beso que siempre he esperado al besarme.

—Me volverás loca…

Dejé el vaso sobre la mesa y, justo al lado, todo lo que había en mi vida que, desde ese momento, estaba vacía. Ya no había nada, ni nadie, que no estuviese en esa habitación a mi lado. Gema se sentó sobre mí y mis manos fueron directas a su culo. Nuestra excitación era tal que, al final de la caricia que la recorrió entera, mi dedo corazón se clavó en su coño. Hasta dentro. Ocurrió casi sin querer, instintivamente. Ambos nos miramos con desesperación, porque hay veces que todo resulta insuficiente. El sexo, hacer el amor, follar, como se quiera citar, tiene esa función. El deseo y la atracción por la persona que tenemos delante son tan grandes que esa es la única manera de cristalizar. De volver físico algo que ya no puede permanecer etéreo por más tiempo, porque resulta asfixiante. Me rompió la ropa. No es una metáfora, me arrancó la camiseta y la dejó hecha trizas. Me estiraba del cinturón de tal manera que me hacía daño. No era brusquedad o violencia, era una desesperación ansiosa, como alguien que intenta liberarse de unas ataduras. Su respiración iba al galope, no me hablaba, solo jadeaba y me besaba. Apenas conseguí quitarme el botón del pantalón, lo bajó de un tirón y me cortó con la uña en el muslo. Agarró mi polla, gimió en el momento y se puso encima. Fue similar al pequeño intervalo que hay tras una explosión y la onda expansiva. Lo de antes, había sido el sonido, el fuego y todo lo visible. Lo de ahora era el efecto devastador que venía después. Todo arrasado. La penetré hasta el final y los dos gritamos. Se quedó quieta, inmóvil, y yo igual. Daba la impresión de que no sabíamos cómo continuar. Y no es que no supiéramos follar. Es que no sabíamos follarnos, porque no había con qué compararlo. Gema se corrió. Mirándome, mientras me regalaba la sonrisa más dulce y entrañable que había visto jamás. Me acarició la cara con la mano derecha y, tras besarme, comenzó a separarse de mí. Se arrodilló en el suelo y aquello se parecía más a lo que yo conocía. Me puse en pie, terminé de desnudarme y quedé frente a ella. Me tocaba y se relamía. Se acercó y me dio un beso en la base de mi polla, mientras se acariciaba el rostro con ella. Abrió la boca y, como si fuese ella el faquir que yo había alardeado ser, hizo desaparecer toda mi espada en aquella garganta interminable. El impacto visual fue tal que me fallaron las piernas y caí, por suerte, milésimas después de que ella me liberase. Una sensación me recorrió todo el cuerpo, ahora era yo quien respiraba a miles de revoluciones por hora. No me tocó, no me toqué, y me corrí. Mucho. Sin parar. Jamás había sentido un orgasmo así. Ni siquiera podía gritar, se me había cortado la respiración. Ella me observaba, con los ojos ardiendo, hasta que se acercó a lamerme y probarme. Gateó hasta fundirse en un abrazo eterno conmigo.

—Yo... Dios. Qué... —Quise, pero no pude hablar.

—Me encantas... —me dijo con ternura.

—¿Qué ha pasado, Gema? —lo preguntaba de verdad. No sabía ni el tiempo que había transcurrido en realidad.

—Parece que estamos en paz, al menos en este primer asalto.

Mientras decía esto, se tumbó en el suelo y abrió las piernas. Me lancé sin control a comérmela.

Follamos. Mucho. Nos comimos, tocamos, chupamos, lamimos, corrimos, todo. Lo hicimos de manera continuada, de un sitio nos íbamos a otro. En todas las posturas. No terminaba, porque no empezaba, era una prolongación continua. Mi cama, el suelo, la mesa, cocina, y ducha, por supuesto. Estuve dentro de ella por todos los sitios imaginables. Yo olía a ella y viceversa. Nos grabamos en la piel del otro. Se suele decir que el primer día no se hace todo, que los siguientes encuentros suelen ser mejores... Y ahora entiendo que quien dice eso lo hace por consuelo. Porque cuando se encuentra algo como esto, nadie lo gradúa. Ni aumenta o reduce, es imposible. Una reacción en cadena fuera de control. Tras ducharnos por enésima vez, preparé algo para cenar, porque, en efecto, se había hecho de noche.

Sentados en el sofá, abrazados, la noche avanzaba

a nuestro lado. Casi se podría decir que lo hacía para nosotros con *E...* de Vasco Rossi como invitado especial. Hablábamos de todo lo que se nos ocurría, hasta que resultó inevitable abordar la cuestión menos oportuna.

—¿Esto qué es? ¿Qué somos nosotros? —me preguntó Gema, mirando hacia el infinito.

—¿Qué necesitas que seamos?

—Oye... Contéstame. Te he hecho una pregunta y me has entendido perfectamente —me dijo con dulzura.

Y tenía razón. Lo había entendido a la primera, pero me costaba aceptar que íbamos a tener esa conversación tan pronto. Tan rápido. Porque yo ya conocía el final y no lo quería.

—Está bien. —Me moví para ponerme a su lado—. ¿Qué quieres saber?

—Yo... Yo no busco esto. No quiero esto. O sea, no esto, a ti sí, pero...

—Pero no así, vas a decir, ¿verdad? —interrumpí.

—Sí... —Gema me miraba sorprendida, como si hubiese leído su pensamiento—. Me gustas muchísimo. No eres el único que se ha pasado los días esperando un mensaje. Deseaba con todas mis ganas que lo encontrases. No hace falta que te diga la química que tenemos, pero yo estoy en otro punto de mi vida. No tengo tu edad.

Esto no es nuevo para mí. La escena es la misma, solo cambia la actriz. Estoy condenado a vivirlo una y otra vez. Con otros gestos, otras palabras y muchos silencios. Estoy acostumbrado a ver cómo desaparecen de mi vida con tal facilidad, que parece como si nunca hubieran estado. Que no han entrado en ella, ni yo en la de ellas.

—Yo solo quiero saber la verdad... —insistía ella.

—No, Gema. Tú no quieres la verdad. Nadie quiere la verdad. Porque la verdad es muy inoportuna. La verdad borra de un plumazo todo lo que nuestra imaginación ha construido con tanto esfuerzo y dedicación.

—Yo soy yo. No sé lo que habrá hecho el resto... Pero, en este punto de mi vida, esto terminaría alejándome de lo que de verdad me haría feliz.

—¿Eso cómo lo sabes? Piensas que es así, que es lo que tienes que hacer y que es la opción que mejor se ajustará a ti. Pero eso no lo sabes.

—No, eso no lo sé. Pero esto, así, con tu forma de pensar... No es para mí. —Se percibía una tristeza en sus palabras que me dolía más a mí que a ella.

Aunque no era la primera vez que me veía en esa situación, era cierto, no terminaba de acostumbrarme. Lo pasaba realmente mal cuando el amor era el mismo pero se transmitía de manera diferente. Ella tenía razón, se podría decir que éramos el uno para el otro. Y, sin embargo, estábamos en puntos cardinales distintos.

—Antes, me has dicho que me querías... —hablaba en un tono de voz muy suave, con una emoción contenida.

—Y así es. Te quiero.

—Ya. Pero hay otras —concluyó ella.

—¿Y? ¿Me vas a decir que el amor es más amor solo por ser exclusivo? El amor debe ser real, intenso y sincero. No se puede fingir, se siente o no. ¿De verdad somos capaces de cuestionar o calibrar la capacidad de amar de una persona? ¿Determinar si ese amor es o no real?

—Yo no estoy diciendo eso. O sí, no lo sé. Pero es que no es lo habitual. Si te gusto yo, si me quieres a mí, ¿por qué hay más?

—Porque «también» te quiero a ti. Porque «también» te deseo a ti. Porque «también» me gustas tú... Ese es el matiz que te falta. No creo que seamos de una sola persona, aunque la vivamos de manera diferente. Somos el resultado de muchas historias. Como un puzle de piezas infinitas que solo termina cuando lo hace nuestra vida. Y yo quiero que el mío esté lo más completo posible.

—Tú no quieres una pareja. Y yo, en este momento, es lo que quiero.

—Tienes razón, yo no creo en la pareja. Al menos, no con el concepto que tienes tú. Yo quiero ser feliz. Creo en el amor, por encima de cualquier cosa. Creo en la libertad y en la sinceridad. Y, desde luego, creo en una relación que no pide sacrificios. Que no limita ni diseña lo que los demás deben sentir por nosotros. Creo en dos personas que se miran, como lo estoy haciendo ahora contigo, y se dicen que se quieren. Ámame como quieras, el tiempo que quieras y en la cantidad que te nazca. Porque para mí, Gema, lo importante de verdad es el tiempo que tú quieras pasar a mi lado. Que quieras que yo permanezca en tu vida. Todo lo demás, me da igual.

Ella deshizo el abrazo y se levantó. Caminó unos pasos ante mí, como si aquella quietud le estuviese pesando aún más.

Estaba preciosa, con una camiseta blanca y un pequeño pantalón corto.

—Supongamos que tú y yo seguimos quedando. ¿Tú seguirías viendo a otras chicas?

—¿Eso es lo que te preocupa?

—Joder, ¡contéstame! Solo quiero saber esto, dime la verdad.

—Te lo repito: tú no quieres la verdad. Porque eso es lo que yo te he dicho desde el principio. Y aquí estás, cuestionándome. Tú quieres que se ajuste a ti. Quieres la verdad de los mentirosos, como queréis la mayoría. Que te diga que sí, que quiero probar y empezar algo contigo. Y cuando pase un poco el tiempo, o lo que tenga que pasar entre nosotros, decirte que no. Que no funciona, que no siento lo mismo o me he desencantado. Y así, todos tenemos un argumento. Una excusa que nos permite entender y socializar nuestra causa. Lo siento… No obtendrás eso de mí.

—Me gustas mucho. Si sigo adelante, me gustarás aún más. El resto de cosas me parecerán poco y aburridas. Pero eso no será la realidad y me alejará de lo que me hará feliz.

—¿Y eso cómo coño lo sabes, Gema?

—¡Joder! Porque lo sé. Porque siento una conexión inmensa contigo. Porque me tocas y me vuelvo loca. Tú me vuelves loca.

—Sin embargo, no quieres continuar porque habrá otras personas. Déjame que te haga una pregunta: Con todo lo que ha pasado hoy, ¿has notado algo? Porque ya había otras personas estos días atrás…

Ella me miró en silencio y ese silencio me dijo muchas cosas. Aquella reflexión la había cogido por sorpresa. Enfrentarnos a nuestros miedos y complejos siempre es complicado, y eran esos miedos y complejos por su parte la causa de aquella conversación. Pero ella se dio cuenta de que yo tenía razón. Yo podría haber estado esa misma mañana con otra persona. O la noche anterior, como así había sido. Plantamos la bandera al llegar y con eso nos vale como tierra conquistada.

—Contéstame, por favor... —insistí.

—No. Ha sido... increíble.

—Ha sido increíble porque ambos hemos querido y permitido que lo fuese. No porque hubiese o no terceras personas. Que las hay y las habrá, porque yo no contemplo otra circunstancia en mi vida.

—Es que eso es muy egoísta. ¿Yo también puedo estar con quien quiera?

—Lógicamente. No seré yo quien diga lo contrario.

—¡Pero es que yo no quiero estar con otro! —Levantó levemente la voz, que se notaba aún más quebrada.

—Pues no estés con nadie más... En eso consiste, en hacer lo que se quiere hacer, con la verdad por delante.

—Claro, tú sí y yo no. Muy bien.

—Gema, ¿lo ves? —Me miró confusa—. Tú no quieres la verdad. Tú quieres algo que no existe y esa ausencia la tapamos con mentiras. Las personas, todas, tenemos una manera de ser, pensar y sentir diferentes. Unas se entienden mejor que otras. Pero, aunque te den el cien por cien de garantía, jamás sabrás la verdad. Ninguna pareja la sabe en su totalidad. Yo me evito esa cuestión, voy por delante y hago un planteamiento que me permita vivir en paz. Tranquilo. Sin sobresaltos.

—Me vas a volver loca... —Volvió a sentarse y se frotó la cara con las manos.

—No quiero convencerte de nada. Eso que tú muestras como precaución, para mí es una cobardía, porque tú quieres vivir esto. O no estaríamos hablando de ello. Pero quieres amoldarlo, como ocurre siempre, y ese es el principio del fin. Hay que dejar de obligar a las personas a vivir de una manera que, en realidad, no son. Y empezar a valorar el amor que, de verdad, es sincero. Es real y es leal.

—Yo podría decir lo mismo, que tú intentas amoldarlo a ti.

—Pero no es así. Porque yo estoy dispuesto a perderme esto, si no va con nuestra manera de ser. Acepto ese sacrificio, con tal de no cambiar nada de ti.

—De verdad, te escucho y sí, tienes razón. Pero choca con todo lo que yo pienso y he vivido. Con lo que busco para mí.

—Como te he dicho, esto no lleva a ninguna parte. No es la primera vez que me veo en esta situación. Y siempre es igual. Ahí tienes papel y unos sobres, si te sientes más tradicional. Un mensaje de texto o nada de nada. Aceptaré cualquier despedida que quieras para mí. No quiero que vivas tragedias sin sentido. Y sé que, con el tiempo, sabrás cómo debes recordarme.

—No sé... —estaba apoyada en la ventana, sintiendo el aire cálido de la noche—, esto es muy nuevo para mí, estoy confusa. Normalmente tengo muy claro lo que quiero y lo que no. Pero, normalmente, no me cruzo con personas como tú. Y sé que lo más sensato sería vestirme e irme. Dejar todo esto atrás cuanto antes.

—La puerta está abierta. Tanto para salir como para entrar. Ojalá sea para lo segundo... Es mejor no darle más vueltas. Me quedo yo en el sofá y puedes dormir en la cama tú. Mañana será otro día.

—No, es tu cama. Y, en realidad, preferiría que estuviésemos los dos en ella, si me dejas. Pero, ve yendo tú, me gustaría estar sola un rato.

Le di un beso en el lado izquierdo de la cabeza y me despedí al tiempo que olía de nuevo su pelo de melocotón. Al llegar a la cama, me senté unos minutos antes de tumbarme. Ladeaba negando con la cabeza, sin comprender lo difícil que era entenderse con algo tan sencillo. Acaso vivir no es más fácil y mejor que todo esto...

NI HE EMPEZADO…

DOMINGO

Abrí los ojos a la mañana siguiente y me percaté de que, más que el ruido, me había despertado el silencio.

Una quietud en el ambiente que ya conocía muy bien. Aun con los ojos cerrados, intentaba escuchar algún sonido en la lejanía. Pero no había nada. Ni nadie. Parpadeé hasta que mi retina se acostumbró a la poca luz que había en el ambiente. Me puse de lado, hacia donde debería estar ella. Pero solo había una sábana arrugada con forma de mujer. Pasé la mano y estaba frío, como lo estaba yo en ese momento. Aún podía olerla en la almohada, sentirla a mi lado. Pero ya se había ido. Como se van siempre.

Me puse solo un pantalón de pijama y salí al salón. Encima de la mesa había un sobre sin cerrar. Sentado en el sofá y cruzado de brazos, miraba aquella misiva. Cuántas cartas, cuántos mensajes, cuántas despedidas en silencio... La historia de mi vida. ¿Por qué fue este el inevitable desenlace? ¿Por qué nos hacíamos esto? Puse música. El bálsamo infalible de todos mis males. Aquel silencio era insoportable. *Love theme* de Vangelis comenzó a sonar, llenando la estancia y mi alma. Había pensado en desayunar antes de leer la carta, pero no tenía hambre. Pensé en ducharme, pero no tenía ganas. En realidad, no sabía lo que quería. Porque no quería nada. Me sentía frustrado, decepcionado. Disgustado conmigo mismo. Solo pensaba que, si el problema era mío, debería cambiarlo. Debería ser uno más que va regalando promesas vacías, que miente y utiliza a las personas en su propio beneficio, sin importarle lo más mínimo qué podían sentir los demás. Lo haré bien, con tacto, pero jamás volveré a mostrar todas mis cartas de inicio. Y, así, se acabarán estos problemas. Todos salimos ganando...

No había terminado aún mi pensamiento cuando sentí verdadero rechazo por solo planteármelo. Yo no era así. No quería ser así. Y si el precio era ese, si el peaje consistía en más sobres y mañanas amargas, no me parecía tan malo. Comencé a llorar. Lo hice como solo se hace por amor. Es un dolor diferente, que nos permite lamentarnos, mientras recordamos las cosas más bellas de una persona. Porque no hay nada más bonito que sentirse bien. Que a la persona que te guste, le gustes tú también. Y poder pintarle a la luna la cara de una mujer. Ay, Gema... Qué pronto y rápido te has ido. Me has dejado aquí, sin saber cómo podré borrar tu olor de mi piel. Ni tus besos de mi corazón. Ojalá todas esas dudas que tenías se hubiesen transformado en ganas. En aventura. En deseo. ¿No era lo que esperabas? Y qué lo es. Si mañana la vida se termina sin avisar y todo se apaga de golpe, igual que soplamos una vela. Yo estoy vivo hoy. Quiero sentirte hoy. Quiero vivirte hoy. Pero todo esto pasará. Serás un bellísimo capítulo incompleto en el vertiginoso cuento que es mi vida.

Pasé unos minutos y decidí que aquello no podía concluir así. *With or without you* de U2 hizo que suspirase hondo. Me limpié aquellas lágrimas que ya me ardían en la cara y me puse en pie. Hacía una mañana estupenda y yo me proponía disfrutarla, pensaría en algún plan que me tuviese entretenido. Seguro que lo encontraba. Fui a la cocina, me serví un zumo de manzana y saqué de la nevera lo que poco después se convertiría en un fantástico desayuno. Pero algo no me encajaba. Notaba una sensación extraña, que pronto identifiqué. No quería seguir ignorando aquel trámite, porque yo no soy así: la carta. Cuanto antes olvidase aquello, mejor. Y, además, no me parecía bien no leer sus palabras. Salí de la cocina en dirección al salón. Me acerqué el sobre y una corriente me recorrió el cuerpo. Su olor me envolvió de improviso. Extraje el papel y lo desenvolví. Lo leí. Y lo volví a leer. Una vez más. Y necesité una cuarta. El amor puede hacerte llorar de pena y de alegría. Como estaba ocurriendo en ese momento.

Me vas a volver loca. Lo sé...
Te veo esta noche. Mi amor.

AGRADECIMIENTOS

Este libro ha sido posible gracias a la entrega de un determinado grupo de personas que confiaron en mí cuando ni yo mismo lo hice. Y, además, hacen de mi vida un lugar mejor.

Para todos ellos...

A mi padre, mi amigo, mi compañero... A ti, papá, porque todo lo que soy es por ti.

A Lucía, que no me dejó rendirme y siguió luchando a mi lado hasta el final, endulzando mis días.

A Patricia, por crear con su enorme talento una de las portadas más bellas que he visto y tenido.

A Diana, por pulir estas páginas hasta conseguir que brillen tanto como lo hacen.

A Elena, por sus quejas y recomendaciones, tan valiosas para mí en esta aventura.

A Steve Jen, por ser mi guía en momentos difíciles. Un asesor, consejero y *coach* excepcional.

A Rosa, por su inmenso cariño, entrega, amistad e infinita generosidad.

A Natalia, Antonio, Iván y Valentín, por conseguir que cualquier día, por muy gris que fuese, terminara saliendo el sol.

A Natalia Bel, que ha hecho por mí más de lo que yo podría imaginar.

A Sonya Back, por su inmenso talento literario que tanto me inspira y su incondicional apoyo de años y años.

A Alexandra, por creer que era capaz de cosas increíbles. Por tanto cariño, tanta ayuda y tanto de todo que jamás olvidaré.

A mi pequeño Elliott, por darme un amor tan bello, auténtico y desinteresado.

Y a ti... Porque todo lo que he hecho, hago y haré siempre será para ti.

www.ingramcontent.com/pod-product-compliance
Lightning Source LLC
LaVergne TN
LVHW041659070526
838199LV00045B/1116